नींव का पत्थर

(लघुकथा संग्रह)

लेखक

अरुण कुमार जैन

प्रकाशक

नोशन प्रेस

चेन्नई, तमिलनाडु

ISBN कवर पृष्ठ पर

नींव का पत्थर Neev ka patthar
(Laghukatha sangrah)
प्रथम संस्करण : 2024
मूल्य : कवर पृष्ठ पर
प्रकाशक : नोशन प्रेस, चेन्नई
कवर व अभिकल्पना : श्री हेमन्त भोपाळे, उज्जैन

समर्पण

मेरी पूज्य माताजी श्रीमती सुशीला देवी जैन ध. प. स्वर्गीय श्री बाबू लाल जी साइकिल वाले ललितपुर को, जिन्होंने धर्म, कर्म व सामाजिकता का सफल निर्वहन कर हम सभी को नगर, समाज व देश का सुयोग्य हस्ताक्षर बनाया।

अपनी बात

मैंने अपनी पहली रचना कविता लगभग 60 वर्ष पूर्व लिखी थी व पहली रचना का प्रकाशन लगभग 50 वर्ष पूर्व हुआ था। 1975 से लेखन, प्रकाशन का प्रवाह प्रारम्भ हुआ व 1978 तक राष्ट्रीय पत्रों में स्थान मिलने लगा। 1981 से आकाशवाणी से जुड़ा व 1997 में पहली कृति का प्रकाशन हुआ। 'प्रतीक्षा' कहानी संग्रह के बाद 'भक्ति प्रसून', पूज्य आचार्य श्री विद्यासागर जी को समर्पित कविता संग्रह था, जिसका लोकार्पण ओड़िशा के तत्कालीन मुख्यमंत्री माननीय जानकी बल्लभ पटनायक ने भुवनेश्वर के सूचना भवन में किया था। ओड़िशा के ही लोकप्रिय मुख्यमंत्री श्री नवीन पटनायक जी से भी मुझे सम्मान मिला। भारतीय रेलवे के रेलवे बोर्ड के अध्यक्ष से ले हर स्तर के अधिकारियों के आशीर्वाद कई अवसरों पर मिले। 2008 में उपन्यास 'संजोग' को रेल मंत्रालय का प्रतिष्ठित प्रेमचंद पुरस्कार मिला।

भुवनेश्वर से उज्जैन, कोटा फिर भोपाल, जबलपुर कार्य करने का अवसर मिला। रेलवे से सेवा निवृत्ति के बाद पूज्य अम्मा माता अमृतानन्दमयी देवी के प्रतिष्ठित संस्थान, अमृता हॉस्पिटल फ़रीदाबाद में विगत 7 वर्षों से सेवाएं दे रहा हूँ। इस अवधि में रचनाएँ, कृतियाँ प्रकाशित होती गयीं। नोशन प्रेस चेन्नई से यह 11वीं कृति हैं, कुल मिलाकर 18वीं पुस्तक।

इन कृतियों की रचनाएँ देशभर के सुधी पाठकों, रचनाकारों, गुरुओं, मार्गदर्शकों को रुचिकर लगीं, यही मेरे लेखन की सार्थकता है।

लघुकथा की ओर झुकाव 1996 के आसपास हुआ व भुवनेश्वर प्रवास में लगभग 200 लघुकथाएं लिखी गयीं व इसी प्रवास में इनके 1000 से अधिक प्रकाशन हुये। लघुकथा 'नींव का पत्थर' 30 से अधिक पत्र –पत्रिकाओं में स्थान पा सकी, निश्चित रूप से यह गौरव व संतुष्टि प्रदायक है। देश के वरिष्ठ संपादक श्री सनत कुमार जैन ने मेरी 300 से अधिक रचनाएँ अपने समाचार पत्र में प्रकाशित कीं, उनके प्रति हार्दिक आभार।

देश भर के लगभग 150 से अधिक पत्र–पत्रिकाओं ने मेरी रचनाओं को स्थान दिया है, इनमें नवभारत टाइम्स, दैनिक जागरण, भास्कर, नवभारत, नईदुनिया, पंजाब केसरी, विश्वमित्र, सन्मार्ग, पत्रिका, अमर उजाला, विश्व परिवार, छतरपुर टाइम्स, मिलाप के साथ साहित्य अमृत, नवनीत, गरिमा भारती, दिशा बोध,

तीर्थकर, शाकाहार क्रांति, तीर्थकर वाणी, शुभ तरिका, सारिका, वीर, बालादर्श, जैन गजट, महिला दर्श, नूतन कहानियाँ, सतरंग टाइम्स, 'कथा–कथा कविता–कविता' के साथ साथ आकाशवाणी के छतरपुर, रोहतक, भोपाल व कटक केंद्र भी हैं कई रचनाओं का ओड़िया, बंगला, मराठी,अंग्रेजी, मलयालम भाषा में अनुवाद भी हुआ।

कई पत्रिकाओं का संपादन भी किया, जिनमें नवयुग, दर्पण, उत्कलिका, ऋषभ–वंदना, सृजन सन्देश, अरुणोदय, विरासत आदि हैं।

पूज्य गुरुओं के मंगल आशीर्वाद का सुफल पूज्य आचार्य श्री विद्यासागर चालीसा, पूज्य प्रज्ञा सागर चालीसा, कलिंग जिन चालीसा आदि हैं, आचार्य श्री जी का चालीसा पारस टी.वी. से प्रसारित हुआ है, यह सब मुझे गौरवान्वित करता है। पूज्य सद्गुरु अम्मा, जिनकी कृपा कोर से विश्व भर में सद्कार्यों के कई प्रकल्प चल रहे हैं के व्यक्तित्व पर भी कई रचनाएँ लिखीं जो मातृवाणी के साथ–साथ कई पत्र पत्रिकाओं ने प्रकाशित कीं हैं। अरुणोदय, लखनऊ का 104 पृष्ठों का विशेषांक पूज्य अम्मा के महान व्यक्तित्व को समर्पित था।

जिन महान विभूतियों की चरण रज से मेरा ललाट सुशोभित है, उनमें पूज्य संत शिरोमणि आचार्य श्री विद्यासागर जी महाराज व उनका संघ, आचार्य श्री विशुद्ध सागर जी महाराज व उनका संघ, आचार्य श्री प्रसन्न सागर जी, आचार्य श्री प्रज्ञासागर जी, आचार्य श्री अरुण सागर जी जैसी कई महान विभूतियाँ हैं। पूज्य अम्मा, माता अमृता नंद मयी देवी जी की अनुकम्पा सदैव मुझे मिल रही है। उनके शिष्यों के आशीर्वाद भी मेरी अनमोल विरासत हैं।

देश के महान लेखक साहित्यकार, मनीषियों के आशीर्वाद मिले हैं, उनमें श्री यशपाल जैन, श्री जैनेन्द्र कुमार, श्री तन्मय बुखारिया, श्री गोपाल दास नीरज जी, डॉ. जयकुमारजी जलज, डॉ. नेमीचंद जैन इंदौर, डॉ. शेखरचंद अहमदाबाद, श्री महाराजकृष्ण जैन अम्बाला, श्री सुंदरसिंह जैन दिल्ली आदि प्रमुख थे। पूज्य अम्मा के संस्थान अमृता हॉस्पिटल फरीदाबाद में विगत ७ वर्षों से हूँ, यहाँ पूज्य स्वामी जी के साथ–साथ परम् श्रद्धेय श्री सत्यानंदजी मिश्रा पूर्व मुख्य सूचना निदेशक भारत सरकार, उनकी सहधर्मिनी व देश की प्रमुख साहित्यकार श्रीमती यशोधरा मिश्रा, कर्नल गोपाल कृष्ण जी आदि का आशीर्वाद मिलता है।

लघुकथाएँ सिर्फ इसलिए लिखना प्रारंभ की थीं कि कम समय में बड़ी बात कहने का माध्यम थीं वे। मंथन फीचर्स व अन्य माध्यम से 2 वर्ष में 1500 से अधिक इनके प्रकाशन हुए व भुवनेश्वर में मुझे कतरनें मिलतीं गईं। इनको आप सभी ने

सराहा, अभिभूत है।

बाल रचनाओं ने राजा बेटा, लोरी ठिठोली, नया हौसला चिड़िया माँ का, प्रमुख कृति हैं। इनके कलेवर को सारे देश ने सराहा व राजा बेटा ने तो सभी को प्रेरणा दी। पदमश्री श्री मड़वैयाजी भोपाल लिखते हैं ''राजा बेटा बालकों के साथ–साथ बड़ों को भी प्रेरणा का स्रोत है'', डॉ. जलज जी रतलाम व अन्य प्रखर मनीषियों ने भी इसे सराहा। 'लोरी ठिठोली' मेरे पोतों व नातिन के प्रति दुलार का प्रतीक है व अन्य बाल कविताओं के साथ–साथ इन तीनों के प्रति मेरा दुलार इनमें व्यक्त हुआ व सभी ने इसमें आनंद की अनुभूति है।

इस बीच यू ट्यूब चैनल का भी जोर चला। आप सभी सहयोग से मेरे 50 हजार से अधिक व्यू हो चुके हैं। विशेष रूप से आप सभी के प्रेरक कमेंट्स अच्छे लगते हैं। फेसबुक भी अभिव्यक्ति का सशक्त माध्यम है।

विगत माह 'चलो बनाये संस्कारित संसार' (प्रेरक आलेख) व मधुर स्पंदन (कविता–संग्रह) कृतियाँ नवंबर–२४ में प्रकाशित हुईं। दोनों कृतियाँ बहुत ही महत्वपूर्ण हैं। जहाँ पहली कृति हम सबको आगे बढ़ने का, आपस में प्रेम, नेह, अनुराग, सम्मान बढ़ाने में सहायक है, वहीं मधुर स्पंदन की कविताएँ मन को झंकृत करतीं हैं व प्रेम, अनुराग, प्यार, सम्मोहन, प्रणय, मिलन के सतरंगी इन्द्रधनुष का सृजन करतीं हैं। आप सभी ने इनको सराहा, आभार।

इस कृति बेबस नींव का पत्थर में इन सभी का विस्तृत उल्लेख इसलिए है कि इस कृति की एक–एक रचना कहीं न कहीं यथार्थ से जुड़ी है। मेरे आस–पास के परिवेश में घटित हुआ है यह सब। घटनाओं का मन पर प्रभाव पड़ा व रचनाओं का जन्म हुआ। (लघुकथा का)

इनका प्रकाशन भी विगत २०–२२ वर्षों से कई पत्र–पत्रिकाओं में हो रहा है व ये मन को स्वर्श करतीं हैं।

इस संकल्प की एक–एक लघुकथा संवेदनाओं से अप्लावित है। फिर भी वे अभागे, मेहनताना, बोझ, अपनी छुट्टी, साँसों की ताजगी, दानवों के बीच, चिरस्थायी–दहेज, संस्कार सुरभि, सिट प्रापरली, नस्ल सुधार, सहयोग भाव, अपनी–अपनी, अंतर, साहब के साथ, आभामंडल, मुखमुद्रा, पुनर्जन्म, लावा, मेहनत, उसकी–दीमक, दर्द की अनुभूति, दुनियादारी, खुली हवा, दहेज की आर.डी., रेत के घरोंदे, हलाहल, नींव का पत्थर, दंभ की कालिख, सह अनुभूति, अपना बेटा, समय की धूल, पराई पीर, दस्तूरी, अपना प्यारा, दिव्य सौंदर्य, नेह अनुभूति, फ्रेम में कैद कॉन्वेंट–चिंतन, लाशों का व्यापार, अवश्य पढ़िये। इनमें

आपको आपके चारों ओर का परिवेश ही मिलेगा, उनके विचार, चिंतन, आदतें, बेबसी, सभी की प्रतीति होगी।

देश के लघुकथाओं के माननीय स्तंभ अग्रज श्री बलराम जी अग्रवाल ने इस कृति की भूमिका लिख मुझे उपकृत किया है। आभार आदरणीय।

उन सभी पात्रों का जो इन लघुकथाओं के लेखन में मेरे प्रेरक बने, हृदय से आभार। सभी गुरु, प्रेरणास्रोत, मित्रों, सहयोगियों का आभार व छोटे अनुरागी सहयोगी, परिवारजनों का स्नेह स्मरण। आदरणीय श्री नरेन्द्र कुमार जैन महाप्रबंधक एसबीआई (से.नि.), श्री एस.के. श्रीवास्तव मुख्य अभियंता भारतीय रेल (से.नि.), डॉ. सुभाष जैन, श्रीमती नंदा जैन फरीदाबाद, डॉ. प्रो. संजय जैन भोपाल, श्री रामसिंहजी मुम्बई, श्री मार्कण्डेय सिंह मुम्बई, मेरे अनुरागी मित्र श्री राजेन्द्र जैन, अशोक जैन, डॉ. अरविंद दिवाकर ललितपुर, श्री राजेन्द्र दुबे, श्री प्रमोद शर्मा, श्री अशोक चौबे झांसी का स्नेह स्मरण सदैव प्रेरणा हेतु।

मेरी पूजनीय माँ जो ९३ वर्ष की उम्र में भी धर्म साधना का जीवन जी रहीं हैं को कोटिशः नमन, मेरी बहिनें, भाई व उनके परिवार जो इस सबके सहयोगी हैं को नमन। मेरी अर्द्धांगिनी श्रीमती उषा जैन, मेरे बच्चे डॉ. आकांक्षा, इंजी. अम्बर, सौ. रिथा, इंजी. अभिनव जैन व दुलारे आर्जव, अद्वित व आदू को असीम दुलार, जो पल-पल प्रेरक हैं।

आपकी राय, मेरा पथ प्रशस्त करेगी।

२३ दिसम्बर, २४
६७वाँ जन्मदिन

■ १६, वीनस मीनाक्षी प्लानेट सिटी,
बाग-मुगलिया, भोपाल (म.प्र.)
■ अमृता हॉस्पिटल प्रोजेक्ट, एनटी-२, टॉवर
सेक्टर-८८, फरीदाबाद, हरियाणा
मो. ७९९९४६९१७५
arun.k.jain2312@gmail.com

भूमिका

आचरणहीन सामाजिकों के विरुद्ध आक्रोश व्यक्त करती लघुकथाएँ

लघुकथा संग्रह 'नींव का पत्थर' अरुण कुमार जैन की 65 लघुकथाओं का संग्रह है। 65 लघुकथाएँ यानी समकालीन मानव जीवन के 65 रंग। इन रंगों में कुछ ऐसे हैं जो एक ही रंग का दूसरा–तीसरा शेड प्रस्तुत करते हैं और कुछ ऐसे हैं जो परम्परा से चले आए हैं और रूढ़ हो गये हैं। एक कथा – रूढ़ि यह है कि विमाता हर हाल में निर्दय, आचरणहीन और हृदयहीन ही होती है; कि परिवार में स्त्री चरित्र पुरुष–चरित्र की तुलना में अधिक धूर्त, स्वार्थी और क्रूर होता है। इस प्रचलित धूर्तता का जाग्रत उदाहरण लघुकथा 'बोझ' की मनोरमा और 'रेत के घरौंदे' की निधि व श्रीमती वर्मा हैं। इनमें निधि फिर भी कुछ शिक्षा लेती प्रतीत होती है अन्यथा हालात बद से बदतर होने की ओर अग्रसर हैं।

वास्तविकता तो यह है कि पूरी पृथ्वी पर एक ही संस्कृति होनी चाहिए–मानव संस्कृति; लेकिन बकौल बाबा तुलसीदास–'दम्भिन्ह विविध कल्प करि प्रकट किए बहु पंथ।'

देश में शिक्षा सम्बन्धी कुछ चलन स्वाधीन होने के कुछ काल बाद ही सत्तादल की अदूरदर्शिता के कारण पनप गये हैं। उनमें एक है, शिक्षा का यूरोपीकरण। गरीब से गरीब माँ–बाप इसकी चौंध में अंधे हैं (लघुकथा 'कॉन्वेंट')। इसके दुष्परिणाम अब 70 साल बाद हमारे सामने आने लगे हैं। शिक्षा से यदि नैतिकता और सांस्कारिकता को नहीं जोड़े रखा गया तो आगामी कुछेक वर्षों में स्थिति बद से बदतर होगी, यह तय है। प्रकारान्तर से 'कॉन्वेंट' में सरकारी शिक्षा नीति के विरुद्ध आक्रोश व्यक्त हुआ है।

लघुकथा 'सह–अनुभूति' पढ़कर अनायास ही 'जाके पाँव न फटी बिवाई, वो क्या जाने पीर पराई' मुहावरे की याद आ जाती है। साहब की यदि अपनी ही बेटी तेज बुखार में न तप गयी होती तो निश्चित ही विकास बाबू की छुट्टी का आवेदन निरस्त हो चुका था। मिर्जा गालिब के शब्दों में– 'बस कि दुश्वार है हर काम का आसां होना; आदमी को भी मयस्सर नहीं इंसां होना। इंसानियत दिल में हो तो हर बच्ची में अपनी स्वयं की बच्ची नजर आने लगेगी। समाज में संवेदनशीलता का विस्तार इसी मार्ग से सम्भव है, अन्य मार्ग से नहीं।' इसका उत्कृष्ट उदाहरण है पृथ्वीराज अरोड़ा की लघुकथा– 'बेटी तो बेटी होती है'। अरुण कुमार जैन की लघुकथा 'दर्द की अनुभूति' का कथ्य भी 'सह अनुभूति' के कथ्य जैसा ही है। जब तक कल्लन के बेटे ने बालसुलभ सहजता के साथ उसे संतान– प्रेम की अनुभूति न करा दी, वह कसाई ही बना रहकर नवजात मेमनों पर

अपना अधिकार मानता रहा। इसी प्रकार लघुकथा 'अपनी छुट्टी' का कथ्य भी 'सह–अनुभूति' और 'दर्द की अनुभूति' जैसा ही है। अलग–अलग शिल्प और शैली में समान कथ्यों की प्रस्तुति उनके प्रति कथाकार के लगाव को दर्शाती है, जिससे यथासम्भव बचना चाहिए।

'लावा' एक युवती के जीवन संघर्ष की विस्तृत गाथा है। सरकारी, अर्द्ध–सरकारी, गैर–सरकारी कार्यालयों बहुत–सी युवतियों को जीवनयापन हेतु दैनिक आवश्यकताओं का कुछ सामान लेकर सेल्स–गर्ल्स के तौर पर जाना पड़ता है। वहाँ उन्हें 'लावा' में अंकित अधीक्षक जैसे लम्पटों और उनके अधीनस्थों की बदजुबानी व बदनिगाही का भी सामना करना ही पड़ता है। जीविका की रक्षा हेतु हँस–मुस्कुराकर उन्हें झेलना पड़ता है; लेकिन अपने आप को बहुत रोकने के बावजूद धीरज की डोर कभी–कभी हाथ से छूट जाती है, लाज और कार्य–व्यवहार सम्बन्धी नैतिक अवरोधों की परत को तोड़कर 'लावा' फूट ही पड़ता है। प्रतिरोध दर्ज करती यह अच्छी लघुकथा है।

लघुकथा 'चिरस्थायी दहेज' सिद्ध करती है कि बहू बनकर आने वाली लड़की में यदि कुछ कर गुजरने का जज्बा हो तो वह 'दुल्हन ही दहेज' के नारे को सच कर दिखा सकती है। पारिवारिक ही नहीं, सामाजिक सम्मान भी अर्जित कर सकती है।

दानवों के बीच मानवों का भी वास है यानी मनुष्यता हर हाल में जीवित रहती है– यह स्थापना है लघुकथा 'दानवों के बीच' की। लघुकथा 'साँसों की ताजगी' अशिक्षा और अज्ञान से उपजी सीमित और संकुचित आजादी का उदाहरण प्रस्तुत करती है। हममें से अधिकतर सिर्फ इतनी ही आजादी को जानते हैं और अवसर मिलने के बावजूद उसके व्यापक अर्थ व लाभ से वंचित रह जाते हैं।

'पुनर्जन्म' और 'देवता' को इस संग्रह की अत्यन्त खूबसूरत लघुकथाओं में गिना जा सकता है। दोनों के दो अलग–अलग विचार छोर हैं लेकिन दोनों ही मनुष्य जीवन का यथार्थ हैं।

इस संग्रह की अनेक लघुकथाएँ अनुशासनहीन, संवेदनहीन, आचरणहीन सामाजिकों के विरुद्ध अरुण कुमार जैन के मन में पैठे आक्रोशों को भी व्यक्त करती हैं और यह बात उन्हें प्रबुद्ध, संवेदनशील और सामाजिक दायित्व–निर्वाह के प्रति सचेत कथाकार सिद्ध करती है। उनकी यह यात्रा आगे और अधिक सुस्पष्ट और सधी हुई हो, इस हेतु मेरी शुभकामनाएँ।

मोबाइल – 8826499115

ई–मेल– balram.agarwal1152@gmail.com

–बलराम अग्रवाल

अनुक्रम

वे अभागे

अपना जवीन बसर करने में असमर्थ कपिल व मालती पर अनचाहे तीन बच्चों का बोझ भी आ गया। दोनों किसी तरह घिसट–घिसट कर जिंदगी की गाड़ी चला रहे थे। रोज ही दोनों में कलह होती व अंततः इसका अंत बच्चों की पिटाई से होता।

"हे भगवान ये अभागे क्यों हमारी जिंदगी में आग लगाने आ गये। मर क्यों नहीं जाते! कोई उठा क्यों नहीं ले जाता इन्हें," माँ मालती अक्सर बच्चों को कोसती।

उपेक्षा के सिकार बन यहाँ वहाँ घूमते बच्चे एक एक कर खो गये। माँ बाप ने आधे अधूरे मन से ढूढ़ने की कोशिस की पर कहीं पता नहीं चला। एक दो दिन भागदौड़ कर थाने में रिपोर्ट लिखवाकर दोनों घर बैठ गये। मन में विषाद के साथ–साथ राहत भी थी।

बच्चों का अपहरण कर हत्या करने वाले गिरोह का पर्दाफाश हो गया। सारा प्रदेश सुलग उठा, हर कहीं से संवेदना व आक्रोश के स्वर उठने लगे। मृत अवशेषों में कपिल व मालती के बच्चों के अवशेष भी थे।

मुख्यमंत्री कोष से 5 लाख रूपये, जमीन का पट्टा व कपिल को सरकारी नौकरी मिल गयी। परिवार में हर ओर से सम्पन्नता आ गयी।

वे अभागे माँ बाप की जिंदगी की आग बुझाकर परिवार के सौभाग्य के प्रतीक बन गये।

•

मेहनताना

शम्भू उठाई गिरी करके, किसी तरह गुजारा कर रहा था। एक दिन पुलिस ने धर दबोचा, रिमांड पर लिया, पिटाई की, शम्भू की हालत गम्भीर हुयी व अस्पताल में एक दिन असीम कष्ट झेलकर वह चल बसा।

विपन्नता से अभिशप्त परिवार के पास अंतिम संस्कार हेतु भी पैसे नहीं थे। शम्भू की मृत देह अस्पताल में पड़ी थी। घर गांव में सन्नाटा था।

प्रतिपक्षी दल ने शम्भू की मौत, क्रूर हत्या बनाकर पेश की। भाषण ज्ञापन, मीडिया सभी पर शम्भू की मौत छा गयी। प्रशासन ने आंदोलन शांत करने के लिये अंतिम संस्कार किया व बतौर राहत दो लाख रूपये की सहायता राशि परिवार को दे दी।

प्रतिपक्षी नेता परिवार के लिये मसीहा बन गये, सारा परिवार उनके गुणगान कर रहा था। वे आज अपने दल के साथ आये व राहत में मिली अधिकांश राशि वसूल कर ले गये।

''अरे तुमतो शुक्र मनाओ कि तुम्हें जेल नहीं हुयी, वरना चोरी का सामान तुम्हारे घर से बरामद कराकर वह भी करा देता। तुम भी शम्भु की तरह यातनायें सहते और यह सब तो मैने ही दिलवाया है। सारी मेहनत तो हमारी ही है, तो फिर महनताना भी तो हमारा ही होगा, कहकर घौंस देते हुये वे चले गये।

ठगा–ठगा सा परिवार कुछ भी सोचने में सक्षम नहीं था।

•

बोझ

सुनील जब से घर में काम करने आया मनोरमा को आराम ही आराम था। घर के सारे काम आज्ञाकारी व सरल स्वभावी सुनील पूरे उत्साह व मनोयोग से करता।

''मैडमजी सुनील को 4–6 दिन के लिये गाँव ले जाना चाहता हूँ, इसकी माँ इसके बिना बहुत उदास है। शीघ्र ही वापिस भेज दूंगा।'' गाँव से आये सुनील के गरीब पिता सनातन ने निवेदन किया।

''अब सुनील हमारा बेटा है। आप इसकी माँ को कह दें कि इसकी कोई चिंता न करें। मैं हूँ ना'' मनोरमा ने मुस्कुराते हुये कहा।

अंततः सनातन को खाली हाथ वापिस गाँव जाना पड़ा।

सीढ़ियों से पैर फिसल जाने के कारण सुनील के पैर में फ्रेक्चर हो, प्लास्टर बँध गया व मनोरमा का सबल सहारा सुनील अब उसके लिये बोझ सा बन गया। उसने सुनील के पिता को तुरंत बुलवा लिया।

''आप कह रहे थे न, कि इसकी माँ इसके बिना बहुत उदास रहती है, इसीलिये कुछ दिन के लिये घर ले जाईये। माँ खुश हो जायेगी सुनील भी सभी से मिल लेगा, मन बहल जायेगा इसका। छः माह से सबसे नहीं मिला'' कहकर मनोरमा ने सुनील को उसमें गाँव भेज दिया।

•

अपनी छुट्टी

घर में छोटे भाई की शादी थी, अधिकारी छुट्टी देने में ना नुकर कर रहे थे, राहुल ने जाने व आने के आरक्षण करा लिये थे, पर बात छुट्टी पर अटक रही थी।

"कहीं छुट्टी देने को मना न कर दें साहब", राहुल ने आशंका जतायी।

"पता नहीं आपके सर ऐसे क्यों हैं। उन्हें तो खुशी खुशी छुट्टी देनी चाहिये, आखिर छुट्टी तो आपके खाते की है।" पत्नी शिखा ने राय दी।

"क्या करूँ! निगेटिव एटीट्यूट के व्यक्ति है, वरना ऐसे शुभ कार्यों में तो सहज ही स्वीकृति देनी चाहिये "राहुल ने कहा।

"क्या कर रही हो", घर से दो सौ किलोमीटर दूर पहुंचने के बाद राहुल ने पत्नी की फोन कर, कुशलक्षेम पूछीं।

"कुछ नहीं! परेशान हूँ शम्भू आज काम पर नहीं आया। सारा काम खुद ही कर रही हूँ"। खीजते हुये शिखा ने कहा।

"क्यों ? क्या हो गया"।

"एक दिन की छुट्टी माँग रहा था। मैने मना कर दिया, कि शादी में जाने की तैयारी करनी है, तो जान बूझकर नहीं आया, पूरा बदमाश है।" शिखा के स्वर में आक्रोश था।

"अरे जाने भी दो, उसे आवश्यक काम होगा तभी तो नहीं आया, तुम्हें तो छुट्टी के लिये स्वंय हाँ कर देना था" राहुल ने समझाया।

"पर मुझे जाने की तैयारी जो करनी है ?"

"अरे अभी तो चार दिन बाकी है, जब तुम शम्भू को एक दिन की छुट्टी नहीं दे सकती तो, मेरा बॉस यदि मुझे छुट्टी देने में आनाकानी करता हे, तो हमें कष्ट क्यों होता है। जब तुम सहजता से शम्भू को दो दिन की छुट्टी दोगी तभी तो हमें आसानी से आठ दिन की छुट्टी मिलेगी। आखिर भगवान तो सबका है व काम भी सबका है"।

राहुल के शब्द शिखा के मन में भीतर तक स्पर्श कर गये। वह शम्भू के न आने का आक्रोश भुला सहजता से काम करने लगी।

साँसों की ताजगी

वह ट्रेन के ए.सी. कोच में झाड़ू लगाकर पैसे माँग रहा था, कमजोर देह कातर नयन व कृशकाया देखकर अमित के मन में करूणा के भाव उभरे।

''कितना कमा लेते हो'' ?

''कुछ भी नहीं बाबू! कभी पेट भर जाता है, कभी भूखा रहता हूँ''।

''तुम पढ़ लिखकर अच्छे आदमी नहीं बनना चाहते'' ?

''हमारे भाग्य में पढ़ाई कहाँ सर! जब पेट भरने की चिंता में ही सारा समय निकल जाता है, तो घर, द्वार, पढ़ाई, ये तो सब सपने हैं, हमारे लिये''। कहकर उसने एक गहरी साँस ली।

''चलो तुम मेरे साथ में तुम्हें पढ़ाऊँगा। मेरे घर रहना, काम करना व पढ़लिखकर स्वावलंबी बनना' ....चलोगे ? शिब्बू की आँखों में चमक उभरी, अविश्वसनीय चमक। उसने हाँ में सिर हिला दिया।

अमित शिब्बू को घर ले आया व पत्नी शिखा के विरोध के बाद भी उसे घर में रख लिया। शिब्बू घर में काम करने लगा। उसकी कृशकाय देह में माँस भरने लगा। पर अधिक काम व पढ़ाई उसे कतई अच्छी नहीं लगती थी। घर के अनुशासन, नियमित दिनचर्या से उसे अकुलाहट हो रही थी।

उसे पुराने दिन याद आते यहाँ वहाँ घूमना, लड़ना, झगड़ना, पेट भरकर कहीं भी सो जाना, उठ कर फिर धंधे में लग जाना। स्वछंद उड़ने वाले पंछी को संयम व अनुशासन का जीवन कैद लगने लगा।

आज अमित पत्नी के साथ किसी समारोह में गया था, शिब्बू घर पर अकेला था उसने मन में स्वछंदता का जीवन कुलांचे मारने लगा। स्टेशन, ट्रेन, यात्री, मस्ती, मारपीट, गालीगलौच सभी उसे पुकार रहे थे।

घर में पैसा गहने व कीमती सामान भी थे, इतने दिनों में शिखा भी उस पर भरोसा करने लगी थी, उसका मन चोरी करने को ललचाया, पर भीतर के ईमान ने झकझोर दिया।

उसने अपने पुराने कपड़े पहिने, घर का ताला लगाया चाबी पड़ौस में दी व लगभग दौड़ता हुआ स्टेशन की ओर भाग गया। उसे साँसों में ताजगी का अनुभव हो रहा था। •

दानवों के बीच

सारा वातावरण रंग बिरंगी लाईटों के प्रकाश व वाद्य यंत्रों की सुरीली धुनों से भरा हुआ था। सभी बराती नाचगाने में मस्त थे। उनके शरीर कीमती वस्त्राभूषणों व मन भावन सुगंधों से अलंकृत थे।

स्त्री–पुरुष, युवा–युवतियाँ संगीत की मादक धुनों पर अधरों से मुस्काने व अनेक भाव भंगिमाओं से थिरक कर वातावरण को उत्तेजित कर रही थीं।

सिर पर बिजली का बोझ रखे मालती भरे कदमों से आगे चल रही थी, थकी देह, पेट में गर्भ, गोद में बच्चा, सभी उसे पीड़ा दे रहे थे, पर पचासों रूपये के लिये वह इतनी रात को भी घिसट–घिसट कर बारात के गंतव्य तक पहुँचने की प्रतीक्षा कर रही थी।

''कितना निष्ठुर है भगवान! कहाँ इन्हें बेशुमार दौलत ही है, जो ये नाचने वालों पर लुटा रहे है व हमारे पास पेट भरने को भी पैसे नहीं है।'' सोचकर उसके नयन भर आये।

एकाएक गोद का बच्चा जोर से रोने लगा, मालती ने लाईट जमीन पर रखी व उसे संभाला, शायद बिजली के कीड़े ने बच्चे को काट लिया था। बच्चा निरंतर रोये जा रहा था पर जमीन पर रखी लाईट बरात की गति में बाधक बन गयी।

''क्यों री हरामजादी! क्या यहाँ मटर गस्ती करने आयी है। एक बोझ पेट में एक कमर पर व एक सिर पर भी उठायेगी......। उठा जल्दी से ....'' कहते हुये बिजली वाले ने गंदी सी गाली दी।

''बेटे को बहुत कष्ट है! देखते नहीं रोये जा रहा है'' बेबसी भरे स्वर में उसने कहा।

''साली.......... कहकर उसने थप्पड़ मारने को हाथ उठाया, मालती भय से काँप उठी, कि एकाएक किसी मजबूत हाथ ने उसका हाथ पकड़ लिया।

''उसकी हालत नहीं देखते? तुम्हें शर्म नहीं आती उस पर हाथ

उठाते ? किसी सजे धजे बराती का स्वर गरजा! जो शोर सुनकर यहाँ आ गया था।

''बाबू इसे पता है कि बारात में इसकी वजह से देरी हो रही हैकृ फिर भी! और पैसा भी तो पूरा लेगी ये'' उसने तर्क देना चाहा।

''चुप रहो, तुम भी पूरे पैसे लोगे! इन गरीबों का खून चूसकर''। ''लो बहिन कहकर उसने सौ रूपये का एक नोट मालती के हाथ में दे दिया। घर जाओ व बच्चे को आराम कराओ, भविष्य में ऐसे अमानुषों के साथ नहीं आना।''

भय से काँपती मालती पर प्रभु कृपा की वर्षा हो गयी। आँसू पोंछते हुये उसने बराती को हजार दुआयें दी।

'' हे प्रभु तुम सचमुच दयालु हो, तुमने हर जगह दानवों के बीच मानवों को भी बसा रखा है''। आराम से घर की ओर लौटती मालती का रोम–रोम कह रहा था।

•

चिरस्थायी दहेज

रागिनी की आँखो में आज प्रसन्नता के आँसू झिलमिला रहे थे। आज उसकी उपलब्धि पर सभी गौरवांवित थे।

उसे याद है, जब उसके विवाह का प्रस्ताव अजय के घर आया तो लाखों रुपयों का दहेज देने वाले लड़कियों के पिता भी अजय को अपना दामाद बनाना चाहते थे, पर अजय के पिता ने अपने बेटे के लिये रागिनी को ही चुना। क्योंकि उन्हें रागिनी का विनम्र स्वभाव, शालीनता व हमेशा कक्षा में प्रथम आने का शैक्षिक रिकार्ड पसंद आया था। विवाह के बाद उसकी सासू माँ ने उसे निरंतर कोसा व ताने दिये।

इस पढाई से कोठी, कार व गहने नहीं आयेंगे! सारी जिंदगी इसी तरह खटेंगे हम। अरे दहेज आता तो हमारी प्रतिष्ठा भी बढती। वे अक्सर कहती रहतीं।

फिर भी रागिनी कुछ नहीं बोलती। अपने पति व स्वसुर जी का दृढ समर्थन व सम्बल पाकर रागिनी ने आगे पढने का संकल्प किया। घर का पूरा काम करके वह आधी रात तक जागकर पढ़ती रही व कई प्रयास करने के पश्चात उसका चयन सिविल सर्विसिस परीक्षा के माध्यम से डिप्टी कलेक्टर के पद पर हो गया।

उसने अपना चयन पत्र बड़ी श्रृद्धा के साथ सासू माँ को सौंप दिया।

अपनी आलोचनाओं व कृत्यों को स्मरण कर अजय की माँ शालिनी आत्मग्लानि से भर उठीं, उनके नेत्र छलछला उठे।

मुझे माफ कर दो बेटी, मैं नारी होकर भी नारी में छुपी सार्मथ्य को पहचान न सकी। पर तुमने सम्पूर्ण नारी का प्रतिरूप बनकर हम सभी को गौरवांवित कर दिया।

नहीं माँ जी! आपकी यही उपेक्षा व उलाहने ही तो मुझे कुछ कर दिखाने को प्रेरित करते रहे। कदाचित अगर ये नहीं होते तो शायद मैं इस लक्ष्य को प्राप्त नहीं कर पाती। रागिनी ने अनुरागी स्वर में कहा।

"तूँ तो सचमुच लक्ष्मी व सरस्वती का संयुक्त रूप है बेटी। मेरी ही आँखो पर भ्रम का गहन आवरण था जो आज तेरी सफलता के आलोक से तार–तार हो गया है। तू तो चिर स्थायी दहेज है।" अपनी ज्यादतियों की भी सराहना सुनकर शालिनी ने रागिनी को अपने हृदय से लगा लिया।

पास खड़े अजय के पापा व अजय आनंदातिरेक से मुस्करा रहे थे।

•

संस्कार सुरभि

आज प्रिया की स्थिति देखकर आशा सिहर उठी। प्रिया धनवान पिता की सुंदर बेटी थी। माँ बाप के लाड़ प्यार व दौलत की चकाचौंध में वह पढाई व सुसंस्कार न पा सकी, फिर भी आशा अपने बेटे मयंक के लिये प्रिया का प्रस्ताव स्वीकार करना चाहती थी। दहेज की चकाचौंध व प्रिया का रूप उसे लालायित कर रहा था। पर भला हो उसकी सासू माँ का जिन्होने प्रिया की जगह सलिला को अपनी पौत्र वधु के रूप में चुना।

सलिला साधारण रंग–रूप की सामान्य परिवार की बेटी थी, पर कर्तव्य के प्रति आगाध समर्पण व सेवाभव से उसने सारे परिवार को संतुष्ट किया। उसके अधरों पर सदैव खेलती मुस्कान व हर कार्य में दक्षता सदैव उसकी सराहना कराते। पूरे परिवार की चहेती बन गयी वह।

प्रिया की शादी भी इसी शहर में एक परिचित परिवार में हुयी थी। गृह कार्य के प्रति अरुचि, कर्कश स्वभाव व सदैव भौतिकता की ओर भागती प्रिया ने अपनी ससुराल में तनाव, क्रोध, आक्रोश व असंतुष्टि की कष्टदायी फसलें तैयार कर दीं, जिससे परिवार की प्रतिष्ठा पर भी आँच आ गयी। फिर भी प्रिया में रंचमात्र का भी परिवर्तन नही आया।

आज ही एक सामाजिक समारोह में प्रिया ने सबके सामने अपने सास–श्वसुर को अपमानित किया व समारोह छोड़कर चली गयी। सभी स्तंभित थे।

यही सब आशा को भीतर तक भेद गया। हे प्रभु बड़ा उपकारी है तूँ! माँ जी के रूप में आकर तुमने हम सबको छलने से बचा लिया। वह अपनी सासू माँ व बहू सलिला के प्रति अगाध श्रृध्दा व अनुराग से भर उठी।

•

बुटिक

विवेक का स्थानांतरण दूसरे शहर में हो गया। रागिनी को यहाँ काफी अकेलेपन का अनुभव हो रहा था, अतः यहाँ उसने एक बुटिक खोल ली। बुटिक की सफलता तो महिला ग्राहकों से ही होती है इसलिये रागिनी ने विवेक की सभी महिला सहकर्मियों से मित्रता स्थापित करली। वह विवेक को इन महिलायों को घर लाने को प्रेरित करती व कभी–कभी तो विवेक का मान मनौब्बल भी करती।

विवेक की पुरानी सहकर्मी कामिनी आज यहाँ आयी हुयी थी। रागिनी ने उन्हें शाम के भोजन पर घर आने का आमंत्रण दे दिया। कामिनी ने कई बहाने बनाये पर रागिनी ने एक न सुनी, अंततः कामिनी ने अपनी सहमति दे दी।

कामिनी, रागनी के बदले स्वभाव पर आश्चर्य चकित थी। उसे प्रसन्नता थी कि विवेक जैसे प्यारे व्यक्ति की पत्नी भी बहुत प्यारी हो गयी है। उसने विवेक को कई बार रागिनी के स्वभाव परिवर्तन पर बधाईयाँ दी। विवेक पूर्ववत मुस्करा रहा था।

शाम के सुस्वादु भोजन के पश्चात रागिनी के बुटिक में दस हजार की राशि का भुगतान करने के बाद, कामिनी को रागिनी के स्वभाव परिवर्तन का रहस्य समझ आ गया। उसे विवेक से फिर से सहानुभूति होने लगी व रागिनी के प्रति बदला रवैया तिरोहित हो गया।

•

मौन सुरभि

आज मनुज का व्रत था, संध्या सात के बाद वह जल भी नहीं लेता था, इसके पूर्व दिन भर में बिना नमक का भोजन एक बार लेता था। पत्नी करुणा शाम छः के आस–पास दूध व पानी एक साथ दे देती थी। आज करुणा, मनुज के साथ पारिवारिक चर्चा में व्यस्त था, घडी की सुईयां सात को छूती हुयी निकल गयी। इस बीच मनुज को लगा कि वह करुणा को दूध व पानी देने के लिये कह दे, पर पुरुष अहं ने उसे रोक दिया।

समय बीतने के पश्चात मनुज को लगा कि अब करुणा को टोकना चाहिये कि आज व्रत के दिन वह उसे दूध व पानी देना भूल गयी।

'पर फिर तुम्हारा त्याग कहाँ रहेगा, उसे स्वयं अहसास करने दो' सहज मन बोला।

'पर बिना बताये वह इम्प्रूव कैसे करेगी?' पुरूष स्वर पुनः बोला। फिर भी मनुज शांत रहा।

'अरे ! आज आपने दूध क्यों नही माँगा।'' लगभग आधा घंटा बीतने के बाद चौंकती हुयी करुणा बोली।

'इच्छा नहीं थी' मनुज का स्वर सहज था।

'नहीं– नहीं प्लीज, अभी ले लीजिये, अभी तो थोडा सा ही समय निकला है' करुणा के स्वर में निवेदन था। माता जी मुझे डाटेंगी। वह पुनः बोली।

'नहीं इच्छा नहीं है! माताजी को कह देना मैंने दूध पी लिया' मुस्कराते हुये मनुज बोला।

'प्लीज! मेरा मन भी मुझे कचोटेगा! मैं दो बार खाती हूँ! चाय–दूध भी लेती हूँ। आप भूखे रहेंगें तो मुझे आत्मगलानि होगी। प्लीज ले लीजिये ना।' करुणा के स्वर में पीड़ा मिश्रित आत्मीयता थी।

मनुज का मन अन्दर तक भीग गया।

अगर मैं इसे ताने देता तो शायद इतना प्रभाव नहीं होता, जो मेरी सहजता व प्रेम ने कर दिखाया।

"नहीं अब कल सुबह ही कर लूँगा, बस रात भर की तो बात है। उसके स्वर में प्रेम था।"

करुणा प्रेम, नेह व श्रध्दा से पति को निहार रही थी।

मौन, शांति व प्रेम, आक्रोश से अधिक प्रभावी सिद्ध होकर वातावरण को सुरभित कर रहे थे।

•

नर्सरी का बोंसाई

श्रीमती चौधरी नर्सरी के माली को बहला – फुसला कर एक बोंसाई पौधा बीस रूपये में ले आयी थीं। बाजार में उसकी कीमत पाँच सौ रूपये से अधिक होगी।

'जल्दी चलो, यदि मालिक आ गया तो लेने के देने पड जायेंगे' श्रीमती चौधरी, ड्रायवर पारस व घर के नौकर रामू से बोली।

श्रीमती चौधरी स्वयं अपनी नर्सरी से प्लांट्स बेचती थीं।

''ये माली बहुत सज्जन है। क्यों रामू ?''

''जी मेमसाब।''

''तुम्हें शर्म आनी चाहिए, तुमने मुझसे बिना पूछे पचास रूपये का प्लांट पन्द्रह रूपये में क्यों दिया।'' श्रीमती चौधरी रामू पर चीख रही थीं। रामू ने अपने खास रिश्तेदार को वह प्लांट बेचा था।

''मेम साब, गलती हो गयी।''

''ईमानदारी, वफादारी कुछ भी नही है तुममें' आईंदा यह हुआ तो नौकरी से हटा दूंगी समझे।'' मिसेज चौधरी चीखीं।

सहमा हुआ रामू बाजार की नर्सरी के बोंसाईं को याद कर रहा था।

•

अंतर ''आस–पास'' में

बड़े साहब के आफिस व बंगले, दोनों में आज विभाग की एक्सचेंज के फोन (इंटरकोम) लग गये थे। BSNL के फोन पहले ही थे।

पिछले पन्द्रह दिनों से बड़े साहब ने इस काम के लिए सबको दौड़ा रखा था। आस–पास के आफिसों में बात करने के लिए कोई साधन जो नहीं था।

श्रीवास्तव बाबू (सहायक) भी कुछ राहत महसूस कर रहे थे। वैसे भी दिन–रात साहब के काम से दौड़ते ही रहते थे।

''क्या भाई श्रीवास्तव, तुम्हारे पास, आस–पास के दफ्तरों की गतिविधियों की सूचना नहीं है। अरे भाई ! सभी जगह आया जाया करो, कोआर्डिनेशन रखो।'' साहब बोले।

''सर टाईम ही नही मिलता' यदि एक विभागीय फोन लगवा दें तो आसानी रहेगी।''

''फोन! अरे यहाँ से आवाज दो तो सभी जगह ऐसे ही आवाज चली जाती है। क्या जरूरत है, विभागीय फोन की?''

श्रीवास्तव बाबू साहब के आस–पास व खुद के आस–पास में अंतर खोज रहे थे !!

•

बेबसी

आफिस के दो बाबुओं में झगड़ा हो गया। गोस्वामी बाबू ने तेजपाल बाबू की पिटाई कर दी, पर वे बेचारे शांत थे। वैसे भी दुबले पतले थे, बोले– 'मैं क्यों गलती करूँ, गोस्वामी जी खुद अपनी गलती महसूस करेंगे', सभी की सहानुभूति तेजपाल बाबू के साथ थी, बेचारे पिटकर भी शांत थे, साक्षात गाँधी जी के अवतार की तरह, लोग उन्हे ढाँढ़स भी बंधा रहे थे।

कुछ दिन बाद पता चला कि कल मिस्टर तेजपाल ने अपनी बीवी की जमकर पिटाई कर दी , कारण मात्र यह था कि उस बेचारी ने एक महंगा टी– सेट तोड़ दिया था। आज कार्यालय में तेजपाल बाबू कह रहे थे, थोडी सी छूट देने पर लोग कंट्रोल से बाहर हो जाते हैं। और डिसीप्लिन मेन्टेन करने के लिए घर में सख्ती रखना बहुत आवश्यक है।

तेजपाल बाबू के साथियों को उस दिन का गाँधी आज क्रूर दरोगा लग रहा था।

•

सिट प्रापरली

ट्रेन के जनरल कम्पार्टमेन्ट में सफर कर रहा था, एक स्टेशन पर एक युवती ड़िब्बे में चढ़ी व अधरों पर मुस्कराहट लाते हुए जगह देने का अनुरोध किया। जगह न होने पर भी मैं खिसका व उनको बैठने का स्थान दिया। बैठते ही उनके पैर व शरीर फैलने लगे। उनके हाथ—पैर व शरीर के अन्य अंग मुझसे स्पर्श ही नहीं कर रहे थे रगड़ रहे थे, फिर भी मैं अपने ऊपर नियंत्रण किये था।

कुछ दिन बाद थोड़ी दूर के सफर के लिए एक थ्री टियर स्लीपर के ड़िब्बे में चढ़ गया। एक सीट पर वही युवती बैठी थी। दिन का समय था। मैंने जगह के लिए अनुरोध किया। बड़ी दया व एहसान जताकर उन्होनें थोडी सी जगह मुझे दे दी।

मैं सिकुड़ा हुआ बैठ गया। कुछ देर बाद ट्रेन में झटके से मेरा हाथ उनकी बाह को छूता हुआ निकल गया। उन्होनें कुपित निगाहों से मेरी ओर देखा व बोली 'सिट प्रापरली'।

मुझे अपनी पहली यात्रा याद आ रही थी।

•

नस्ल सुधार !

रंग भेद विरोधी सम्मेलन चल रहा था। रंगभेद के विरोध में बड़ी–बड़ी दलीलें दी जा रही थीं।

'जन्म रंग–रूप के आधार पर किसी को बड़ा–छोटा मानना घृणित अपराध है। हर व्यक्ति ईश्वर का ही एक अंश है' आदि– आदि।

कुछ श्वेत प्रतिनिधि भी इसके समर्थन में थे व जोर–जोर से अश्वेतों का समर्थन कर रहे थे।

अश्वेत युवक विलियम की नेतृत्व क्षमता से सभी प्रभवित थे।

''विलियम तेरे प्रयासों से सारा समाज प्रभावित है। मोना (एक अश्वेत लड़की) के यहाँ से तेरी शादी का प्रस्ताव आया है।'' ''मैनें हाँ कर दी'' विलियम की माँ बोली।

''नही माँ' शादी तो मैं रोजी (श्वेत बाला) से ही करूँगा।

''पर तेरा आंदोलन'?'' माँ आवाक सी बोली।

''माँ क्या तुम अपने परिवार की नस्ल को नहीं सुधारना चाहोगी, तुम नहीं चाहती कि तुम्हारी बहू चाँद सी सुंदर हो व पोते–पोती गुलाब–जूही से'?''

•

सहयोग भाव

वह बुढ़िया बहुत देर से एक लम्बी टिकिट की लाईन में खड़े लोगों से गिड़गिड़ाकर याचना कर रही थी कि कोई उसके लिए दिल्ली के दो टिकिट खरीद दे। वह व उसका बूढ़ा पति कमजोर होने के कारण खड़े होने में असमर्थ थे। गाड़ी छूटने का टाईम भी हो रहा था।

हर व्यक्ति उसको अनसुना कर रहा था व सभी उसको भागने को कह रहे थे।

'बीच में आ गयी मरने'।

'ए बुढ़ढ़ी! पीछे लाईन में जा'।

'हट मेरे पास से' लोग तरह तरह की टिप्पणी कर रहे थे। बुढ़िया हताश हो गयी।

एकाएक बुजुर्ग महिला का दिमाग दौड़ा वह बाहर निकल गयी, व प्लेटफार्म पर बैठी एक नवयौवना से निवेदन किया।

लहराती हुयी नवयौवना उसी भीड़ भरी लाईन में घुसी व मुस्कराते हुये आगे खड़े लोगों से दो टिकिट अपने लिए खरीदने का अनुरोध किया।

एक साथ कई हाथ आगे बढ़े। सभी उसे लाईन में अपने आगे जगह देकर सहयोग करने को तैयार थे।

घंटे भर से परेशान बूढ़ी अम्मा को पाँच मिनिट में टिकिट मिल गये।

•

मनोभाव

वे तीनों ही सुबह के धुंधलके में सड़क पर बदहवास दौड़े जा रहे थे। एक के मन में मालिकिन के ड़र का अंदेशा था, क्योंकि वह ड़्यूटी पर पहुँचने में लेट हो रहा था, उसे ठण्डा मौसम, व बर्फीली हवा काट रही थी।

दूसरा प्रसन्नता व उत्साह का अनुभव कर रहा था, ठण्ड़ा मौसम, बर्फीली हवायें उसे सुखदायी लग रही थीं क्योंकि वह मार्निंग वाक पर जा रहा था।

तीसरे के मन में भय व्याप्त था वह सुबह के धुंधलके में ही अपने घर पहुँच जाना चाहता था, क्योंकि अभी की गयी चोरी का माल उसकी जेब में था व पुलिस के जवान आस पास घूम रहे थे।

•

अपनी – अपनी

''आओ रमन, आय गया''

''बाबू पा लागी''

''हमार लड़का मिलट्री में है, 15000 रू. महिना कमात है''

''बाबू पा लागी''

''मंझलका लड़का कानपुर में नौकरी करत है उ 20,000 रूपैया कमात है''

''बाबू पा लागी''

''छोटकन वकील है ऊ बहुत कमात है''

''बाबू पा लागी''

''खेती से भी खूब पैसा आवत है, अब हमें का चिन्ता है''

''मैंने कहा बाबू पा लागी'', लगभग चिल्लाकर आगंतुक बोला।

''हाँ–हाँ भैंसिया भी लागी चार सेर दूध रोज देत है''

सदैव से आर्थिक तंगी में जी रहे बहरे बाबा का उत्तर था।

•

अन्तर

अजय व अविनाश दोनों मित्र थे व साथ–साथ ही काम करते थे पर अजय की पत्नी बहुत सुन्दर थी।

आज दोनों के आर्थिक स्तर में जमीन–आसमान का अन्तर आ गया था, जहाँ अजय का महीने भर का खर्चा रो धोकर पूरा होता था वहीं अविनाश के पास घर का मकान, व बैंक बैलेंस भी था।

यह सब न तो अविनाश की पत्नी अपने साथ लायी थी और ना ही वह नौकरी करती थी। बस सुन्दर पत्नी न पाने के गम में जहाँ अविनाश घर के बाहर अधिक समय रहकर साईड बिजनेस आदि करता था वहीं अजय ज्यादा से ज्यादा समय अपनी प्रिया के साथ मौज मस्ती में बिताता था।

•

लत

जब शहर में शराब की नयी दुकान खुली तो सभी हंस रहे थे, कौन बेवकूफ अपनी मेहनत की कमाई यहाँ खराब करने आयेगा?

दुकानदार भी मेहनती था उसने पहिले पड़ौसियों को फिर राहगीरों को बुलाकर मुफ्त शराब पिलानी आरम्भ कर दी। भला मुफ्त का माल कौन छोडता है, उसकी दुकानों की टेबिलें भरी रहने लगीं पर गुल्लक खाली थी।

धीरे–धीरे सभी को शराब की लत लग गयी।

दो महीने बाद उसकी गुल्लक भी पैसों से भरी हुयी थीं, क्योंकि अब वह राहगीरों को बुलाकर मुफ्त पिलाने का काम समाप्त कर चुका था।

•

साहब के साथ

सहगल बाबू आफिस में अधीनस्थ थे, बड़े साहब के साथ हेड़ क्वार्टर जा रहे थे। कार्यालय से स्टेशन 10–12 कि.मी. था। सोचा साहब की गाड़ी में ही पीछे बैठ जायेंगे, सो अपनी अटैची जीप में पीछे रख दी। बड़े साहब ने खिड़की में से देख लिया। बुलावा भेजा।

''ये कौन सा तरीका है मि. सहगल। आपने अपनी अटैची मेरी (सरकारी) जीप में क्यों रखीं''

''सर वो आप भी वहीं''

''तो क्या?   मैंने आपको तो साथ चलने के लिये नहीं कहा।''

''सॉरी सर''।

''दीज आर नॉट गुड एटीकेट्स.....।''

''एक्सट्रीमली सॉरी सर। इट विल नॉट बी रिपीटेड अगेन''

''ठीक है, आप जाईये'' साहब का रोबीला व तीखा स्वर था।

गाड़ी छूटने का टाईम हो रहा था, सहगल बाबू ने ऑटो रिक्शा लिया व स्टेशन पहुँचे।

ड़िब्बे में बड़े साहब भी सपरिवार सवार थे, लम्बी यात्रा थी, काफी जोर मारने पर भी बड़े साहब को एक भी बर्थ नहीं मिली थी।

''अरे भई सहगल बाबू, आप चले आये, मेरे साथ ही आ जाते।''

''सर वो गाड़ी छूटने का टाईम हो रहा था।''

''देखो भाई, टी.टी.ई. से बात करो'' बताना बड़े साहब जा रहे हैं, कुछ ले देकर दो बर्थ ले लो।

सहगल बाबू ने टी.टी.ई. से बात की, काफी जोर ड़ाला पर बात न बनी।

''सॉरी सर। कोई चांस नहीं है''

''क्या भई, सहगल जी, आप मेरे साथ चल रहे हैं, फिर भी दो बर्थ की व्यवस्था नहीं कर पा रहे हैं''

''सर''

''ठीक है, अगले स्टेशन पर उतर जाईये, व वहाँ से अपने आगे की ब्रांचो पर फोन करके कहिये, कि मेरे लिये किसी भी तरह दो बर्थे इस ट्रेन पर ले लें''

''सर वो काम''

''कल कर लीजिये उसे और हाँ व्यवस्था आपको ही करनी है, आपको साथ ही इसलिये लाया हूँ''

''ठीक है सर''

सहगल बाबू अगले स्टेशन पर उतर गये व व्यवस्था में जुट गये। उनके दिमाग में साहब के दो वाक्य ही गूंज रहे थे।

''मैंने आपको साथ चलने को तो नहीं कहा था।''

''......आपको साथ ही इसीलिये लाया हूँ।''

•

युक्ति

जिसने सुना वही दंग रह गया। अनिल को पड़ोसी की हत्या के प्रयास के आरोप में गिरफ्तार कर लिया गया, अब अदालत में उस पर धारा 302 का मुकदमा चलेगा।

पढा, लिखा, शरीफ, भोला लड़का जिसने कभी भी झगड़ा न किया हो भला ऐसा क्यों करेगा ? किसी को विश्वास न हो रहा था, पर यह सत्य था।

यह जरूर था कि अनिल पिछले 3 सालों से बेरोजगार था व घर की हालत बदतर होती जा रही थी।

अदालत में उसने अपना जुर्म कबूल किया व आज अनिल को 7 वर्ष के सपरिश्रम कारावास की सजा सुना दी गयी, उसके चेहरे पर संतुष्टि व अधरों पर मुस्कराहट तैर रही थी, क्योंकि वह सोच रहा था कि 3 वर्ष की बेरोजगारी के बाद उसे जेल में काम मिलेगा, रोटी मुफ्त मिलेगी व सात साल में वह निपुण मैकेनिक बन जायेगा, जिसको जेल से आने के बाद अपना काम शुरू करने के लिए ढेर सारे पैसे भी मिलेंगे।

•

मेम साहब

वह रोज ही अपने दूध वाले से झगड़ा करती थी कि ''वह दूध कम देता है।'' दूधिये का तर्क था कि ''मेम साहब दूध तो शुध्द लाता हूँ थोड़ा नाप में कम होने से क्या होता है।'' पर वह कम दूध लेने को तैयार न थी।

दूधिया रोज–रोज के विवाद से बचने के लिए दूध नाप से ज्यादा देने लगा। अब उनका कहना था कि वह दूध में पानी मिलाकर लाता होगा।

दूधिया का मन दुःख से भर जाता, उसकी ईमानदारी पर शक जो किया जाता था।

अन्त में उसने तरीका खोज लिया, वह दूध में पानी भी मिलाता था व कम भी नापता था।

अब मेम साहब चुप थीं

•

नया बोर्ड

आज भाटिया होटल पर नया बोर्ड देखकर सभी को आश्चर्य हो रहा था। लिखा था, पूर्ण शुध्दता से बना हुआ भारतीय भोजन, बिना प्याज व लहसुन के प्रयोग हुए यहाँ सदैव मिलता है। लोग–बाग होटल मालिक की प्रशंसा कर रहे थे, उसने पैसो का मोह त्याग कर पवित्रता व शुद्धता की और ध्यान दिया।

उन बेचारों को क्या पता था कि यह परिवर्तन उसने प्याज के रेट तीन गुने हो जाने पर किया है, जो उसे ग्राहकों को मुफ्त देनी पडती थी।

•

आभामंडल

वे दोनों ही पास–पास रहती थीं एक ही कॉलेज की छात्राएं थी, दोनो सुन्दर थी, पर दोनो की रूचियों में अन्तर था। जहाँ उषा फैशनबाजी से दूर , सामान्य व शोवर ढंग से रहती थी वहीं निशा रोज नयी–नयी फैशन की ड्रेस पहनती । कभी स्कर्ट, कभी तंग कुर्ती–पजामी, उसमें से बाहर निकलने को बेताब यौवन, चमकती पिण्डलियां, सामने से झांकते उरोज, कटे बाल, रोज नये सैंडल व नयी हेयर स्टाईल, चेहरे पर गहरा तीखा मेकअप व चाल–ढ़ाल के नये अंदाज उसकी पहचान थे। दोनों ही सामान्य घरों की थीं। पर दोनो का आभा मण्डल अलग–अलग था।

निशा को देखकर लड़कों की आंखों में एक अजीब सी प्यास उभर आती व वे कोई रिमार्क पास कर देते पर उषा से किसी ने कुछ नहीं कहा।

सभी की जबान पर आज एक ही बात थी, निशा को कुछ लड़को ने पकड़कर उसके साथ बदतमीजी की । शायद शाम के 6–7 बजे का समय था। पर उषा भी तो उसी समय बाजार से लौट रही थी, उससे किसी ने कुछ नही कहा ?

आभा मण्डल का प्रभाव ही तो वातावरण में फैलता है। मोहल्ले वाले सोच रहे थे।

•

स्वदेशी

''अपने राष्ट्र के उत्पादनों को प्रोत्साहन देने के लिए स्वदेशी वस्तुओं का उपयोग कीजिए चाहे वह पेन हो , कपडा हो , रेडियो–ट्रांजिस्टर हो या कोई भी सौंदर्य प्रसाधन की सामग्री हो, तभी हम विदेशी मुद्रा को बचाकर अपनी अर्थव्यवस्था सुदृढ़ कर सकते हैं'' एक नेताजी भाषण दे रहे थे।

पर उन्होने स्वयं इम्पोर्टेड कपड़े का सूट पहन रखा था। कलाई पर खूबसूरत विदेशी घड़ी बंधी थी व कोट के जेब में विल्सन का सुनहरा पेन चमक रहा था।

•

मुखमुद्रा

''भाई साहब, प्लीज थोड़ी सी जगह दे दीजिए'', दिन में स्लीपर पर लेटे एक सज्जन से मैने अनुरोध किया।

दो महिने पहिले से रिजर्वेशन कराया है, घंटो भीड़ में खड़ा रहा हूँ, 38 घण्टे का सफर है, और आपने कह दिया, ''जगह दे दीजिए'' इतना बैठने का शौक है तो अपनी गाड़ी से चला करो बरखुरदार।''

मेरा खून खौल गया पर न जाने क्यों शांत खड़ा रहा।

अगले स्टेशन पर ढेर सारे MST धारी लड़के ड़िब्बे में चढ़े व चलते–चलते वहाँ तक आ पहुँचे।

''उठिये साहब ! हमें बैठने दीजिए।''

''पर मेरा तो रिजर्वेशन है।''

एक हंसी का फव्वारा लड़कों के मुँह से फूटा।

''क्या पचास रुपये में रेल खरीद ली है तुमने'' उठ जा फटाफट।

''देखो मिस्टर जबान संभालकर।''

''अबे जबान के बच्चे'' कहकर उन्हें तीन लड़को ने सीट से खड़ा कर दिया व वे सभी उसी पर बैठ गये।

अब वे सज्जन सहायता के लिए याचना भरी निगाहों से चारों ओर देख रहे थे, और में सिर्फ उनकी याचक मुख मुद्रा देख रहा था।

•

लावण्य

फिल्मी कलाकारों व्दारा नाट्य शो अभिनीत किया जा रहा था, प्रसिद्ध हीरो साधु के वेश में व प्रसिद्ध तारिका उनकी सन्यासिनी शिष्या का रोल अभिनीत कर रही थी। दृश्य मनमोहक व लावण्य युक्त था।

विशाल जन समूह मंचन देख रहा था, लोगों की भीड़ पंडाल की सीमायें तोड़ रही थीं।

पास ही के मंदिर के आँगन में परम तपस्वी वृद्ध साधु जी का प्रवचन सुनने को चंद वृद्ध ही प्रांगण में बैठे थे जबकि उनका प्रसंग भी नहीं।

•

संवेदनायें

विक्रम को इस शहर के खासो आम से नफरत सी हो गयी थी शहर का हर आदमी शराफत का नकाब ओढ़े हुए जल्लाद था, वह सबको मार देना चाहता था, पर उसके लिये भी बहुत कुछ करना पड़ता और यहाँ उसके पास जहर खरीदने के भी पैसे नहीं थे पर वह बहुत दृढ़ इच्छा शक्ति वाला था, आखिर इसका उपाय उसने सोच ही लिया।

मुसलमानों के सिरमौर कहे जाने वाले शेख साहब की लड़की हसीना को उसने अपने इश्क के जाल में फंसाया व कोर्ट में ले जाकर शादी कर ली।

दोनों समुदायो की संवेदनायें भडक उठीं। व सारा शहर खून की होली खेल रहा था।

•

पुनर्जन्म

आईने के सामने दाढ़ी बनाते हुए, आज अपने चेहरे को गौर से देखते ही विवेक चौंक गया। आँख व गर्दन के पास गहरी लकीरों ने आकार लेना प्रारंभ कर दिया था व त्वचा ढीली सी हो रही थी। ''..... ..यानि कि झुर्रियाँ.........!

मेरे चेहरे पर! फिर क्या करूँगा मैं? 'यह रूप! यह आकर्षण' लोगों की इसके लिए चाहत! क्या समाप्त हो जाएगी? इतनी जल्दी!'' सोचते ही विवेक घबरा गया, झुर्रियों के अप्रत्याशित आक्रमण ने उसे परेशान कर दिया।

''अब ऑफिस, क्लब, मार्केट, महफिलों व यार दोस्तों के बीच उसकी ओर उठने वाली प्रशंसा व चाहत भरी निगाहें विलुप्त हो जाएँगी?''

''उसका आकर्षक व्यक्तित्व व नयनाभिराम सौन्दर्य क्या नहीं रहेगा?''

''जिसके बल पर वह पिछले 20–22 वर्षों से हर जगह महत्वपूर्ण स्थान पाता रहा, वह सभी सिर्फ स्मृतियों व पुराने चित्रों में ही सिमट कर रह जाएगा?''

ढेर सारे प्रश्न विवेक के मस्तिष्क पटल पर एक साथ उभर गए। उसके मन में हताशा छा गई। पूरा व्यक्तित्व कुछ ही पलों में अवसाद की चादर से ढंक गया। उसे लगा यह दुनियाँ, यार–दोस्त, पास–पड़ोस सभी उसे चिढ़ा रहे हैं

''अब तुम बुड्ढे हो गए हो, तुम्हारा महत्व समाप्त हो गया है'' कहकर लोग अट्टाहास कर रहे हैं। वर्षों से सभी की निगाहों का केन्द्र बना उसका व्यक्तित्व मानो अस्तित्वहीन हो गया हो। स्याह अन्धेरों ने विवेक को चारों ओर से घेर लिया।

''क्या पापा! सुबह–सुबह फिर से सो गए क्या?'' काफी देर से उसे देख रहे बेटे अंबुज ने पास आकर झिंझोड़ते हुए कहा।

''ऐं, नहीं बेटे'' कहकर उसने बेटे को गोद में ले लिया! एकाएक विवेक की नजर बेटे के चेहरे पर पड़ी।

'वही नाक, वहीं आँखें वैसे ही होंठ, चमकते दाँत, मुस्कराहट सभी तो उसी की तरह है, वैसा ही ताजगी से महकता लुभावना आकर्षक व्यक्तित्व!'' यानि कि वह, उसका सौन्दर्य, उसका आकर्षण एक नए रूप में फिर से जन्म ले रहा है?'' एक सुखद अहसास ने विवेक को चौंका दिया।

''उसकी सुंदरता विलुप्त नहीं हुई! वह तो और मोहक स्वरूप ले रही है, नई कोंपलें जन्म ले रही हैं, उसी के बेटे में, उसी की तरह, आकर्षक, प्रभावी व मोहक व्यक्तित्व को जन्म देने के लिए।''

विवेक के पलकों की कोरें भींग गईं व अवसाद की चादर लुढ़कने लगी।

खिड़की से भीतर आते हवा के एक झोंके ने उसे फिर आनन्द से भर दिया।

विवेक ने बेटे अंबुज को बड़े प्यार के साथ सीने से लगा लिया।

अब उसे अपने चेहरे पर जन्म लेती झुर्रियाँ भी आकर्षक लग रही थीं।

•

लावा

आज भी इस ऑफिस में कदम रखते ही सौम्या की सांसें तेज हो गई। रक्त प्रवाह बढ़ गया, पर परिवार की समस्याएँ ध्यान आते ही वह मन कड़ा करके भीतर घुस गई।

सौम्या 'गृह उद्योग संस्थान' द्वारा तैयार की गई सामग्री कालोनी व कार्यालयों में बेचती थी। संस्थान का सामान स्वादिष्ट व बाजार की कीमत से सस्ता था, अतः आराम से बिक जाता था व उसे घर के गुजारे में सहयोग देने के लिए कुछ पैसे मिल जाते थे।

एम.ए. करने के बाद भी कोई सर्विस न मिलने पर सौम्या सेल्स गर्ल का काम करने लगी थी।

इस ऑफिस के अधीक्षक जी कहने को तो उम्र में अधेड़ थे पर उनकी निगाहें व नीयत ठीक नहीं थी। हर बार सौम्या पर भद्दे कमेंट्स करते व उनकी निगाहें भी कुछ इसी तरह के भाव व्यक्त करती, पर न चाहकर भी सौम्या इस कार्यालय में आती क्योंकि यहाँ बिक्री अच्छी हो जाती थी।

हर बार की तरह अधीक्षक जी की टेबल पर ही वह सामान दिखाने लगी।

''अरे क्या ढीला–ढाला माल दिखा रही हो, कुछ गोल मटोल..... तरोताजा दिखाओ ना.... जो तबियत खुश कर दे।'' अधीक्षक जी ने विशेष अन्दाज़ में कहा। उनकी तीखी निगाहें भी सामान नहीं कुछ और ही देख रहीं थीं।

''जी, यह सभी बहुत अच्छा है'' गले का थूक मुश्किल से निगलते हुए सौम्या बोली।

''अरे कुछ सुडौल–सा पर नरम–सा, किन्तु गर्म–सा, वह भी दिखाओ, क्यों छुपा के रखा है भीतर'' हाथों से विशेष भौड़ी मुद्रा बनाते हुए अधीक्षक जी बोले।

उनकी आँखों के भाव व शब्दों का जहर सौम्या को अन्दर तक भेद गया। उसका रोम–रोम काँप उठा। गला सूख गया, देह का सारा रक्त मुँह पर सिमट गया, चेहरा तमतमा उठा। एक ज्वालामुखी का सारा लावा चेहरे पर सिमट गया।

टेबल के चारों ओर खड़े चमचे किस्म के लोग भी आनन्द ले रहे थे। सौम्या मानो अभिमन्यु की तरह कौरवों के चक्रव्यूह में अकेली घिर गई थी।

"मैं अभी जाकर आपकी बेटियों को ला रही हूँ, अंकल, वे ही वह सब दिखायेंगी, और भी बहुत कुछ जो आपको देखने की इच्छा है, आप जैसे शौकीन पिता से संस्कार जो मिले है, उनको, क्षमा करें मैं इतनी साहसी व शौकीन नहीं हूँ।" सभी कुछ एक ही साँस में बोल गई सौम्या।

एक पल को जैसे सभी को साँप सूँघ गया हो। अपने इस अपमान पर अधीक्षक जी तमतमा उठे, उनका नशा तिरोहित हो गया। चेहरा फक पड़ गया व वह चीखने लगे।

सौम्या अपना सामान बैग में रखकर विश्वास भरे कदमों से बाहर निकल रही थी। उसके चेहरे पर शान्ति व सहजता के भाव थे।

धधकते ज्वालामुखी के शान्त होने के बाद बनने वाले सरोवर की आभा उसके मुख पर दमक रही थी।

•

मर्दजात

वह जब ऑफिस से घर लौटता, दिन–भर के काम व झंझटों से थका हुआ होता। घर में घुसते ही बच्चों की पढ़ाई, घर का हिसाब आने–जाने वालों के फोन और ऑफिस की डाक का काम, सब बोझ मिलाकर जिन्दगी को तीनों शिफ्टों में चलने वाली मशीन बन चुके थे।

दूसरी तरफ श्रीमती जी हर समय टी.वी. के सामने सजी धजी बैठी, मोहक–मुस्कान से उसका स्वागत करती, उनकी मांसलता बढ़ रही थी।

उसने कई बार समझाया व घर के कुछ काम खुद करने को कहा।

''अरे! जब घर में इतनी मेहनती नौकरानी है तो, क्यों अपनी देह को खटाऊँ, और यह देह बार बार थोड़े ही मिलती है, है न डार्लिंग!'' बड़ी मोहक अदा से उनका जवाब होता।

''और फिर तुम्हीं कहोगे, प्रिया तुम थकी थकी लगती हो, दुबली हो गई हो, फिगर ठीक नहीं लगता, ग्लेमर्स नहीं रही और न जाने क्या–क्या, मै तो तुम्हारा ही ख्याल रखने को सजी–धजी रहती हूँ, स्वामी जी!'' अपने ही उत्तर के समर्थन में उनकी लम्बी चौड़ी दलील भी शामिल रहती।

उनके निरन्तर श्रम करने का व श्रीमती जी को कहने का प्रिया पर कोई प्रभाव नहीं था। परिवार को व्यर्थ की कलह से बचाने के लिए वह चुप रहता व कोल्हू के बैल की तरह स्वयं पिसता।

घर की नौकरानी भी सुडौल देहयष्टि की सांवली, सलोनी थी, पर बहुत मेहनती थीं।

एक दिन उसके दिमाग में नौकरानी को देखकर एक विचार कौंधा व वह मुस्करा दिया।

''हम गरीब हैं तो क्या हुआ! मेमसाब! हमारी भी कोई इज्जत है, हम उसे चाँदी के सिक्कों में बेच नहीं सकते मेहनत का कमाते हैं हम! मै आज से आपके यहाँ काम नहीं करूँगी'' कहते हुए उसने सौ रूपये का नोट फर्श पर फेंक दिया।

प्रिया परेशान व हतप्रभ थी।

''सुलेखा बात क्या है, मैं बिल्कुल नहीं समझी प्लीज स्पष्ट बताओ।'' प्रिया बोली।

''साहब ने मुझ पर बुरी नजर लगा रखी है। कल सौ का नोट दिया व कहा इसे रख लो फिर और दूँगा। और गन्दी हरकत भी की।'' कहते–कहते सुलेखा फफक पड़ी।

''मैं नहीं जानती थी कि देवता–सा दिखने वाला साहब इतना ओछा होगा'' कहकर फनफनाती हुई सुलेखा चली गई।

''––'' वह सिर नीचा किए खड़ा था, प्रिया उसे एक हजार जली–कटी सुन चुकी थी।

''अब सुलेखा ने काम छोड़ दिया। कौन करेगा इसे! बताओ!'' वह चीखी।

''सॉरी प्रिया! मैं सचमुच शर्मिन्दा हूँ पर मेरा मतलब वह नहीं था जो वह समझी, मैं तो.. मैं'' उसने सफाई देनी चाही।

''चुप रहो जी, मै जानती हूँ, सभी मर्द एक–से होते हैं।'' प्रिया आक्रोश से बोली।

वह मन ही मन मुस्करा रहा था, फिर भी सिर नीचे किए खड़ा रहा।

दूसरे दिन बात सारी कॉलोनी में फैल गई। प्रिया ने कई और बाईयों से बात की, पर कोई भी काम करने को तैयार नहीं हुई।

''ना बाबा...ना.. मेरा मरद जान ले लेगा मेरी'' उनकी प्रतिक्रिया थी।

आज पाँच दिन के बाद वह टूर से लौटकर जब घर में घुसा, तो प्रिया की हालत बदली थी।

वह अभी अभी झाड़ू–पोंछा लगाकर निपटी थी व अब बाथरूम में कपड़े साफ कर रही थी। टी.वी. बन्द था व प्रिया का फिगर भी कुछ सामान्य दिख रहा था। प्रिया के सामने उसने अपराधी की तरह खड़े होने का नाटक किया व फिर दूसरे बाथरूम में नहाने घुस गया।

वह बाथरूम में गुनगुना रहा था व प्रिया कपड़े धोने के बाद किचन में लगातार काम कर रही थी।

मेहनत

डॉ. साहब ने अगले मरीज के लिए घंटी बजाई, बाहर बैठे कम्पाउण्डर रूपेश ने मरीज से फीस के सौ रूपये माँगे।

''सौ रूपये! ये तो बहुत अधिक हैं कम्पाउण्डर साहब'' मरीज गिड़गिड़ाया।

''नहीं बाबा! इतनी ही फीस लगती हैं, जल्दी जमा करो!'' रूपेश ने कहा।

रूपेश की बात अनसुनी करते हुए मरीज डॉ. साहब के कक्ष में घुस गया, पीछे पीछे रूपेश भी भागा।

''सौ रुपये बहुत होते हैं हजूर! पचास लीजिए न'' मरीज ने चिचौरी की।

''सौ रुपये कुछ भी नहीं हैं बाबा, सुबह से शाम तक तुम लोगों के लिए मेहनत करते हैं हम, अपनी पर्सनल लाईफ भी आप सभी पर लुटा दी हमने, रोतों–कराहतों को ठीक करते हैं, और आप कहते हैं सौ रूपये ज्यादा हैं।'' खीजते हुए ए.सी.कक्ष में बैठे डॉ. साहब बोले व अपने तर्कों के समर्थन के लिए कम्पाउण्डर की ओर देखने लगे।

रूपेश ने तुरन्त आशय समझ कर मरीज को लगभग खींचते हुए बाहर निकाला व सौ रूपये ले लिए।

शाम को हिसाब देते समय रूपेश ने डॉ. साहब को चार हजार रूपये थमाए व जाते जाते ठिठक गया।

''बोला रूपेश, क्या कुछ कहना है?'' प्रश्नवाचक निगाह लिए डॉ. साहब बोले।

''सर! मेरी पेमेण्ट भी बहुत कम है, खर्चा नहीं चलता...... कुछ बढ़ा दें तो कृपा होगी'' दो हजार रूपये महीने पाने वाले रूपेश ने हिम्मत बाँध कर कहा।

''दो हजार रुपये कम हैं! अरे, इतने में तो बी.एस.सी., एम.एस.सी. पास लड़के मिल जाते हैं, तुम्हें पता है रोज तुम कितने लोगों को

'नौकरी नहीं है' कहकर वापस करते हो।'' लगभग चौंकते हुए डॉ. साहब बोले।

''सर जी! खर्चा नहीं चलता, फैमली भी है, नहीं तो''

''अरे! तुम करते ही क्या हो, दिन भर पंखे के नीचे आराम से बैठे रहते हो, कोई फावड़ा लेकर धूप में काम करते हो क्या?'' डॉ. साहब ने लाजवाब तर्क दिया।

थके कदमों से साइकिल से घर जाता रूपेश डॉ. साहब की ए.सी. कक्ष की मेहनत व अपने दिन भर की जी हजूरी, डॉ. के घर बाजार के काम, मरीजों को संभालना व अन्य कामों के तथाकथित आराम की तुलना कर रहा था।

उसकी आँखों में बेबसी के आँसू थे।

•

पिघलती आस्था

साधु बने विक्रम आश्रम में अपनी दिनचर्या में व्यस्त थे कि सेवक ने समाचार दिया कि एक युवती जो अपना नाम श्रीकान्ता बताती है, आपसे एकान्त में मिलना चाहती हैं।

विक्रम चौंक गया। उसका रोम–रोम स्पंदित हो उठा।

श्रीकान्ता! उसकी प्रेमिका! उसकी आत्मा! उसकी सहचरी! क्या–क्या न किया उसने श्रीकान्ता को पाने के लिए! पर प्रारब्ध के कारण वह उसकी न हो सकी। और हताश विक्रम यहाँ वहाँ अपना मन लगाने लगा। कितनी ही रमणियों में उसने सुख खोजा पर संतुष्ट न हो सका। वितृष्णा से उसने संन्यास ले लिया।

सन्यासी जीवन में भी जब उसे श्रीकान्ता का ध्यान आता उसका मन डाँवाडोल हो जाता, काश! आज भी वह मेरे निकट होती।

''अब यह सोचना भी पाप है।'' उसका सात्विक मन कहता।

''नहीं, श्रीकान्ता मेरी आत्मा है, मेरा जीवन है'' इसी तरह के द्वन्द्व से कभी–कभी उसका साक्षात्कार होता था, जब तक कि वह इस विचार को परे न धकेल देता।

आज श्रीकान्ता का नाम सुनकर उसके मन में वही भाव उभर आए। सात्विकता विलुप्त हो गई। एक प्रेमी, एक कामी जाग उठा। फिर भी आगे का जीवन! आश्रम की प्रति ठा! उसकी स्वयं की प्रतिष्ठा सभी की चिन्ता थी, अतः चेहरे पर सहजता के भाव ला शिष्य को कहा, ''आने को कहो।''

आश्रम की प्रमुख कुटी के मध्य विक्रम अपने आसन पर आसीन था। चेहरे पर आभा थी। रूपवान तो वह पहले ही था।

''प्रणाम स्वामिन'' एक मधुर संगीत कुटी में गूँजा। श्रीकान्ता की देह अभी भी लावण्य व स्निग्धता से परिपूर्ण थी। स्वर में वही संगीत व मिठास थी। विक्रम ने आशीष की मुद्रा में हाथ उठा दिया। पर उसके मन में कुछ खौलने लगा।

''आज श्रीकान्ता अपने को समर्पित करने आई है, मेरे चरणों में।

उसे पता है उसने मुझ पर अत्याचार किया है! आज रूप, रस, गंध के सरोवर में मुझे स्नान करा तृप्ति देगीं वह मेरे मन की लालसा जानती है। आखिर मेरी प्रेयसी रही है। हमने जीवन भर साथ–साथ जीने मरने की कसमें ली थीं......." सोचते हुए उसका मुख रक्तिम हो उठा। आँखों में लाल डोरे उभर गए। होठों पर खुश्की व शुष्की आ गई व देह में सिहरन व स्पन्दन होने लगा। फिर भी आश्रम की मर्यादा उसे पहल करने से रोक रही थी।

"मैं आपके चरणों में आई हूँ स्वामिन" (वही निवेदन जिसे सुनने के लिए श्रीकान्त के कान तरस रहे थे) श्री कान्ता का विनीत स्वर था।

"मैं भी तुम्हें अपने हृदय में स्थापित करना चाहता हूँ। प्रिये! तोड़ो ये बन्धन" श्रीकान्त मन ही मन बोला। पर होंठ सिले हुए थे।

"मेरे कारण आपने बहुत दुख उठाए, मैं ही पापिन हूँ...... मैं पश्चाताप की अग्नि में जल रही हूँ।"

"मुझे क्षमादान दें स्वामिन! आप चुप क्यों हैं? बताइए मेरे लिए क्या आदेश है?" व्याकुलता से वह बोली। "मैं कोई भी दण्ड सहने को तैयार हूँ।"

विक्रम की मानों मन की मुराद पुरी हो गई। अब और क्या शेष रह गया? सभी तो कह दिया उसने "अब तो पहल तुम्ही को करनी है" फिर भी उसके होंठ जड़ थे।

"आप आज जहाँ हैं, वहाँ तक तो मेरी दृष्टि भी नहीं जा सकती। मैं तो सिर्फ त्याग, तप व भक्ति के शिखर की छाया का सामीप्य ही चाहती हूँ। संसारी जीव जो हूँ।" फिर दीनता भरा श्रीकान्ता का स्वर उभरा।

"मैं तो तुम्हें अपने शिखर का सम्पूर्ण वैभव देना चाहता हूँ। यह शिखर धरा की धूल में धूसरित करना चाहता हूँ तुम्हारे लिए।" मन ही मन विक्रम का स्वर था।

श्रीकान्ता उसके मौन से व्याकुल थी। उसके नयनों से अश्रुधार बह निकली व चेहरे पर असीम श्रद्धा, भक्ति व पश्चाताप के भाव जम गए।

"हम रागी संसार की मृग–मरीचिका में प्रतिपल भटकते हैं, मुझे

उद्बोधन दें, मेरी व्याकुलता का शमन करें स्वामी।'' फिर एक निवेदन हवा में घुल गया।

विक्रम भौंचक–सा रह गया। मन में उफनता काम का सागर सीमायें तोड़ने को व्याकुल था। ....पर श्रीकान्ता के मन में शायद कुछ और है? एकान्त में भी कोई प्रेम भरा सम्बोधन नहीं स्वर में मोह की मिठास नहीं। यह तो संसार में रहकर भी संयम के सौन्दर्य से परिपूर्ण है! और मैं वैरागी होकर भी पुनः काम व मोह के दलदल में फंसना चाहता हूँ ? पर वर्षों से मन में दबी चिंगारी शान्त नहीं हो रही थी द्वन्द्व चरम सीमा पर था।

''शान्त होओ श्रीकान्ता! तुम्हारे कारण ही मैं आज इस वैभव को पा सका हूँ। अतः मेरे लिए तुम आदरणीय हो। मन का कलुष समाप्त करो।'' चेहरे पर सौम्यता लाते हुए विक्रम ने कहा।

''पर यदि मैं कहूँ कि मैं आज भी तुम्हारा सान्निध्य मिलने पर संसार में वापस चल सकता हूँ, तुम्हारा क्या उत्तर होगा'' आखिर विक्रम ने मन की बात कह ही दी।

''क्यों परीक्षा ले रहे हैं स्वामी! ऐसा चिंतन तो आपके आश्रम की सीमा रेखा को भी नहीं छू सकता! कहीं गंगा समुद्र की अतल गहराईयों में एकाकार होने के पश्चात कभी धरा की उथली सतह पर आई है। मैं तो क्षमादान पा तृप्त हो गई। अपराध बोध समाप्त हुआ। मैं इनको (अपने पति) को लेकर आती हूँ वे भी बहुत प्रसन्न होंगे कि आपने मुझे क्षमादान दे दिया।'' कहकर वह प्रसन्नता से बाहर निकली।

विक्रम जैसे उच्च शिखर से गिर धूल धूसरित हो गया। कितना निश्छल निश्कलुष था श्रीकान्ता का मन, संसार में रमण करने के बाद भी। और कितना उथला निकला वह वैराग्य में रमने के बाद भी उसके नयन अश्रुप्लावित हो गए। उसने सम्पूर्ण आस्था से मन ही मन श्रीकान्ता के चरणों में अपना प्रणाम अर्पित किया। वह विक्रम के लिए अब सचमुच ही पूज्यनीया व पथ प्रदर्शिका बन गई थी।

विक्रम के मन से निकलती आस्था फिर से दृढ़ होने लगी।

सत्य संयम व साधना के प्रति।

●

उसकी दीमक

"आओ शेखर बाबू! बैठो", मित्तल जी ने बड़ी गर्मजोशी से आगंतुक का स्वागत किया व सामने खड़ा ग्राहक सेल्समैन के हवाले कर शेखर को पास बिठा लिया।

शेखर पास के भव्य डिपार्टमेंटल 'स्टोर में सेल्समैन था।

"यार, तुम जैसा दिलेर व हैल्पिंग नेचर का आदमी मेरे साथ हो तो सोने पर सुहागा हो जाए।" बात करते–करते मित्तल ने शेखर को सराहा।

शेखर अपने डिपार्टमेंटल स्टोर से कीमती सामान चोरी कर, कौड़ी के दाम में मित्तल को बेचता था वह अपने मालिक की दुकान दीमक की तरह खोखली कर रहा था।

आज भी उन्होंने जरूरत के सामान की लम्बी लिस्ट शेखर को दे दी।

"कभी भी किसी तरह की जरूरत हो तो, आधी रात को भी आ जाना मेरे घर" जाते हुए शेखर को मित्तल ने फिर थपथपाया।

शेखर मित्तल जैसे लखपति की मित्रता से काफी खुश रहता था।

"शेखर को रंगे हाथों बीस हजार का समान चुराते हुए मालिक ने पकड़ लिया व नौकरी से निकाल दिया।" खबर बाजार में तुरन्त फैल गई।

"मित्तल साहब नमस्ते" थके कदमों से घुसते हुए शेखर ने सलाम ठोंका।

"आओ शेखर" कहकर मित्तल अपने ग्राहक के साथ और अधिक एकाग्रता से व्यस्त हो गए।

"मैं आपके पास काम करने आया हूँ आप कहते थे कि तुम्हारे जैसा आदमी मिले तो....... इसीलिए सीधा आपके पास ही चला आया" शेखर आशा व उत्साह भरे स्वर में बोला।

"अभी तो काफी मन्दा है शेखर! कभी सीजन आने पर देखूँगा।"

ग्राहकों से भरे शो–रूम पर एक निगाह डालते हुए मित्तल ने उसे टालना चाहा व फिर दूसरे ग्राहक के साथ व्यस्त हो गया।

"पर मैं तो इस समय बड़ी परेशानी में हूँ, मित्तल साहब" शेखर, मित्तल के बदले व्यवहार से स्तम्भित था।

"आप तो हमेशा कहते थे कि कभी भी आओ तुम्हारे लिए आधी रात को भी" शेखर के स्वर में मायूसी थी।

"अरे भाई बिजनेस क्या हमेशा एक–सा रहता है, अप–डाउन तो होती रहती है, ऐसा करो, अभी कहीं और काम देख लो, मैं खुद ही बुला लूँगा जरूरत होने पर" मित्तल ने उसे टाल कर भेज दिया।

दूसरे की दीमक अपने घर लगाकर वह अपने ही पैर में कुल्हाड़ी नहीं मारना चाहता था।

•

दर्द की अनुभूति

आज घर में सभी खुश थे। बकरी ने दो प्यारे बच्चे (मेमने) दिए थे। दोनों बिल्कुल रेशम की तरह मुलायम व नाजुक थे।

कल्लन आनेवाले त्यौहार की योजना बनाने लगा। ''मेमनों को काटने पर ढेर सारा गोश्त व हर जगह पसंद किया जाने वाला चमड़ा मिलेगा।'' वह बड़ी लगन से बकरी की सेवा कर रहा था। बकरी भी बड़े दुलार से अपने मेमनों को चाट रही थी।

•••

सुबह से घर में खुशियाँ थी, त्यौहार जो था, अच्छा खना, नए कपड़े व सबसे मिलना–जुलना।

''इससे किसको काटोगे बाबा?'' छुरे की धार पत्थर पर घिसकर तेज करते हुए, कल्लन को देखकर बेटा मुन्ना बोला।

''ये दोनों मेमने हैं न, आज इनकी बारी है।'' मुस्कुराते हुए कल्लन ने कहा।

''बाबा बकरी को हम इतना प्यार करते हैं, फिर इसके ही जिगर के टुकड़ों को क्यों काट रहे हो ? ये भी तो कितने प्यारे हैं।'' स्तम्भित–से मुन्ना ने शंका व्यक्त की।

''ये दोनों हमारी बकरी ने हमें खाने को दिए हैं, वह भी हमें प्यार करती है न, इसीलिए। समझे!'' बात को बड़ी हल्की लेते हुए कल्लन ने कहा।

''नहीं बाबा, ये इसके बच्चे हैं........ इसे प्यारे हैं.......'' मुन्ना के स्वर में पीड़ा थी।

''पर हम इसके मालिक हैं, इसका पेट भरते हैं, इसको घर, दाना, चारा देते हैं।''

''तो आप भी अपने मालिक (सेठ) को खाने के लए हम भाई–बहिनों को सौंप देंगे क्या ? वह भी तो आप को रूपया देता है, घर दिया है,

अनाज भी देता है।'' मुन्ना के स्वर में अनिष्ट की आशंका का भय था।

''नहीं मेरे लाल'' कहकर कल्लन ने मुन्ना को सीने से लगा लिया, झन्न की आवाज के साथ छुरा दूर जा गिरा, अपने जिगर के टुकड़ों से बिछुड़ने की आशंका से वह भीतर तक काँप गया।

सामने बँधी बकरी के नयनों में कातरता उसको स्पष्ट दिखाई देने लगी। उसने तुरन्त दोनों मेमनों की रस्सी खोल दी व उन्हें भी सीने से लगा लिया। उसे बेजुबानों के दर्द की अनुभूति जो गयी थी।

•

दोस्त–दुश्मन

''देखिए सर! हमारी माताजी बहुत बीमार है, आज ही दिल्ली ले जाना है, प्लीज चार बर्थ दे दीजिए।'' एक्सप्रेस ट्रेन के कण्डक्टर से परेशान यात्री ने निवेदन किया। उसके चेहरे पर चिन्ता की लकीरें स्पष्ट झलक रहीं थी।

''तो मैं क्या करूँ?'' कण्डक्टर का सपाट उत्तर था, परिस्थिति की गम्भीरता का उस पर कोई असर नहीं पड़ा।

''प्लीज सर! देखिए न, कैसे भी हो करना आपको ही है।'' परेशानी में आप ही सहारे हैं, कुछ करिए ना, कहते कहते उसने दो बड़े नोट उसकी हथेली में मोड़कर रख दिए।

''ठीक है भाई! ऐसी परेशानी में तो आपको हेल्प करना ही पड़ेगी, आप लोग अन्दर बैठिए'' कहकर उसने चार बर्थों के नम्बर बता दिए।

यात्री अपनी बीमार माँ व सहयोगियों के साथ, अच्छी तरह से ट्रेन में बैठ गए। उनके चेहरे पर शान्ति व सहजता के भाव आ गए थे। वे अब यात्रा का आनन्द लेने लगे।

''कण्डक्टर बाबू देवता है, हमें पेरशानी में बहुत हेल्प किया, भगवान इसे बहुत तरक्की दे'' दिल्ली तक की यात्रा शान्तिप्रद हो जाने पर वे कण्डक्टर को दुआएँ दे रहे थे।

ज्यों ही ट्रेन अगले स्टेशन पर रूकी, एक सज्जन बदहवासी में दौड़ते–दौड़ते कण्डक्टर की ओर लपके।

''बड़े बाबू, हमारी पाँच बर्थे पिछले स्टेशन से रिजर्व हैं, पिछले स्टेशन पर हम जल्दबाजी में दूसरे डिब्बे में चढ़ गए थे, हमें जगह दीजिए।'' सभी एक सांस में कह गया।

''सॉरी, आपको अपने स्टेशन पर आना चाहिए। अब मैं कुछ नहीं कर सकता'' कण्डक्टर ने सफाई दी।

''अरे एक तो ट्रेन में कोच पर नम्बर नहीं है, आप स्वंय ए.सी. में सोये रहते हैं, एनांउसमेंट भी नहीं होता और आप हमें उल्टे दोष दे रहे

हैं।''

''ये सब मैं नहीं जानता, मेरे पास कोई जगह नहीं है।'' कण्डक्टर की जेब में पहले से पड़े चाँदी के सिक्कों का वजन बोल रहा था।

''मेरे साथ बीमार माँ है'', यात्री गिड़गिड़ाया।

''देखिए, मुझे काम करने दीजिए, आप क्यों समझते नहीं'' लगभग उसे धकियाते हुए कण्डक्टर ने जवाब दिया।

''तुम साला चोर है........ बेईमान है। भगवान तुम्हें जरूर इसकी सजा देगा।'' परेशान यात्री चीख रहा था।

भगवान इसे आशीर्वाद देगा या सजा ?

•

पलटा पासा

''तुम्हारी जिद की वजह से मेरी खून पसीने की कमाई के पूरे डेढ़ लाख रूपये पानी में चले गये।''

सालभर से अनुज दिल्ली में इंजीनियरिंग की कोचिंग कर रहा था। पर स्वास्थ्य ठीक न रहने के कारण परिणाम आशानुकूल होते नजर नहीं आ रहे थे। इसी से आक्रोश से भरे रमन दिवाकर पत्नी सौम्या पर झल्ला रहे थे।

''बच्चे का स्वास्थ्य बिगड़ा व हमें तनाव व एंग्जायटी अलग से झेलनी पड़ी'' व आई.आई.टी. में एडमीशन फिर भी नहीं होगा।''

सौम्या बचाव की मुद्रा में थी। अनुज सहमा सा बेठा था।

प्रवेश परीक्षा का परिणाम निकला। अनुज का प्रवेश आई.आई.टी में हो गया।

''सुनो जी, अब भूलकर भी मेरे बेटे को अंडर एस्टीमेट न करना। उसके रीर में मेरा दिमाग है। आपका नहीं। आपके डेढ लाख के पूरे पंद्रह लाख देगा, पाँच साल बाद। समझे। ''सैंत कर रख लेना''।

अपनी गाढ़ी कमाई के डेढ़ लाख खर्च करने के बाद भी दिवाकर बाबू प्रतिदिन बचाव की मुद्रा में रहकर ताने सुनते थे।

•

दुनियांदारी

तेज गति से दौड़ती हुई टैक्सी एकाएक झटके के साथ रूक गई। पिछली सीट पर बैठा अजय आगे की सीट से टकराते टकराते बचा। सामने एक वृद्ध महाशय गाड़ी से टकराते–टकराते बच गए। मोड़ होने के कारण वे टैक्सी नहीं देख सके व एका एक स्कूटर देखते ही ड्राइवर परमजीत ने गाड़ी रोक दी।

"साले हरामी यहीं मरने आते हैं" ने बूढ़े को भद्दी सी गाली दी व गाड़ी आगे बढ़ा दी।

अगले चौक पर भीड़ अधिक होने के कारण परमजीत को रूकना पड़ा। इस बीच स्कूटर वाले सज्जन भी यहाँ आ गए।

"क्यों भाई सरदारजी, गाली क्यों दे रहे थे" उन्होनें परमजीत से पूछा।

"अबे बूढ़े एक तो देखकर नहीं चलता, दूसरे बक–बक कर रहा हैकृकृ" परमजीत गुर्राया

"फिर बद्तमीजी कर रहे हो ? एक तो हार्न नहीं देते ऊपर से बदतमीजी करते हो मैं तुम्हारी शिकायत करूँगा, बूढ़े ने लताड़ा।

"ओए चल, मैं तुझे अभी बताता हूँ कहते ही परमजीत टैक्सी से उतरा व बुजुर्ग को चार छः घूँसे जड़ दिए। अशक्त देह धराशायी हो गई व उनकी नाक से खून बहने लगा।

परमजीत ने तेजी से दरवाजा खोला व तेजी से टैक्सी सड़क पर दौड़ाने लगा। अजय जड़वत यह सब देख रहा था। उसका मन आक्रोश से धधकने लगा।

"तुमने इनकी पिटाई क्यों की भाई"

"अरे सर आप नहीं समझोगे, अगर यह मेरी गाड़ी से टकरा जाता तो लोग मेरी पिटाई कर देते साथ ही पुलिस भी तंग करती।..... साले को मरना ही था तो शहर बहुत बड़ा है कहीं भी मरे" परमजीत का स्वर तीखा था।

अजय मर्माहत हो उठा और बोला ''पर यह ठीक नहीं है परमजीत।''

''क्या फर्क पड़ता है सर जी। अगर एक बूढ़ा मर भी गया तो दुनिया का बोझ ही कम होगा उसके बच्चों का देश का रोड़ का और रही पेन्शन की बात तो वह भी उसी के घर में किसी को मिलेगी हीं'' एक अट्टाहस भरा स्वर गूँजा। परमजीत के नयनों में क्रूरता थी।

''मैं भी कितनी बार पिटा हूँ, बिना किसी गलती पर इसी रोड़ पर आप जैसों से बाबूजी, दुनियादारी में सब कुछ चलता है। परमजीत फिर बोला, इस बार उसके स्वर में आक्रोश के साथ पीड़ा भी थी।

अजय सहम सा गया। मन आया उसे डाँटे पर उसे अपने काम से फुर्सत कहाँ थी। तुरंत बॉस को रिर्पोट करना था लेट होने पर नौकरी तक पर बन आती, और दुनियाँ में तो यह चलता ही आ रहा है'' वह बुदबुदाया।

उसने अपना मुँह रोड़ की ओर कर लिया ताकि ड्राइवर के शब्दों का तीखापन कुछ कम कर सके।

•

देवता

महान धर्म गुरू को प्रशासन ने जघन्य आरोपों में गिरफ्तार कर लिया। उनके अनुयायी उन पर असीम श्रद्धा रखते थे। विरोध प्रदर्शन, बंद व गिरफ्तारी के दौर प्रारंभ हुए। आंदोलन से जन भावनाएँ भड़की, प्रशासन सिहर उठा।

तीन गरीब भक्तों ने आत्मदाह कर लिया, दो की पुलिस की गोली से मृत्यु हो गई। भयभीत प्रशासन ने पाँचों के आश्रितों को पाँच–पाँच लाख की सहायता राशि व शासकीय नौकरी दी।

उन पाँचों परिवार के लिए धर्म गुरू सचमुच देवता बन गए।

•

व्यवस्था

''धूम्रपान निषेध'' रूपये 100/– जुर्माना। ट्रेन कोच में 3–4 जगह लिखा था। पर एक लड़का धड़ल्ले से कोच में सिगरेट बेच रहा था।

''पुलिस को शिकायत करो। यह तो सरे आम कानून का उल्लंघन है''। एक सभ्य से दिखने वाले यात्री ने सलाह दी।

''क्यों मेरे पेट पर लात मार रहे हो बाबूजी। मुझे तो सिर्फ सौ रुपये रोज मिलते हैं, बाकी सब दरोगाजी की मंडली को जाता है। वरना मेरी क्या औकात कि मैं कोच में घुस भी सकूँ'', सिगरेट बेचने वाला लड़का गिड़गिड़ाया।

लड़के के शब्द उनके चेहरे पर चिपक से गए।

सिगरेट वेंडर पर उभरा उनका आक्रोश तिरोहित हो गया। वे अब व्यवस्था को कोस रहे थे।

•

खुली हवा

एक के बाद एक निरंतर कई परीक्षायें देने के बावजूद भी नौकरी ना मिलने के कारण निर्मल आज टूट चुका था। उसके मन में हताशा, कुंठा व सामाजिक व्यवस्था के प्रति आक्रोश कूट कूट कर समा चुका था। इन परिस्थियों में उसने एक भयावह निर्णय ले लिया।

"वह अपने सारे प्रमाण पत्र जलाकर अपराध की दुनियाँ में कदम रखेगा व अतुल धनराशि कमाएगा।" उसके मन मस्तिष्क पर इस निर्णय ने अपनी छाप अंकित कर दी।

उसने अपने सारे प्रमाण पत्र निकाले व रसोई घर से माचिस ढूँढकर अपने कमरे में आ गया। दीदी सलिला उसके चेहरे के अजीब भावों को देखकर उसके पीछे–पीछे आ गई। निर्मल की कठोर मुख मुद्रा व चेहेरे पर फैली निराशा की स्याही देखकर वह सहम गई।

"क्या कर रहे हो निर्मल।" दीदी के स्वर में व्यग्रता थी।

"वही जो मुझे चार वर्ष पहले कर लेना चाहिए था, दीदी।" कहकर निर्मल ने अपने मन की सारी व्यथा दीदी को सुना दी।

"यह ठीक नहीं भैया।" दीदी ने समझाया।

"इसके सिवाय अब कुछ चारा भी नहीं बचा है दीदी। मैने कहीं भी कोई कसर नहीं उठा रखी, फिर भी आज तक बेरोजगार हूँ।" कहकर निर्मल सिसक उठा।

"ठीक है निर्मल। तुम सही कह रहे हो। पर इतने ही में हार मान गए? देखो सामने लान में रोपा आम का पौधा कितने वर्षों तक धूप, वर्षा, व शीत का सामना करेगा, तब जाकर उसमें मीठे फल आएँगे।

"ये नदियाँ का पानी समुद्र से हिमालय तक की यात्रा क्या कुछ ही दिनों में तय कर लेते हैं ? समुद्र के धरातल से उठी भाप, महीनों – वर्षों चलने चढ़ने के बाद हिमालय तक जाकर बरस कर जल बनती है, और फिर भयंकर शीत को आत्मसात कर हिमखंड में परिवर्तित होती है। तब जाकर अपने शुभधवल आवरण से सभी को सम्मोहित कर पाती है, एवं

हजारों मनीषियों के श्रद्धा भरे प्रणाम स्वीकार पाती है।'' कम ऊँचाई पर उठी भाप या तो समुद्र में या पास की धूल या नाले में बरस कर मलिन हो फिर खारे पानी में विलीन हो जाती हैं।

तुम्हारी हर असफलता तुम्हें और दृढ़ बनाएगी। तभी तो श्रेष्ठ व परिमार्जित प्रयास कर, तुम श्रेष्ठ स्थान पर नियुक्त हो पाओगे। और ये अनुभव तुम्हें दक्ष बना रहें हैं, कि तुममें कहाँ–कहाँ कमियाँ हैं।'' दीदी के हृदय से निरंतर वाणी प्रवाहित हो रही थी।

दीदी की वाणी से निर्झरित अमृतकणों ने निर्मल के हताशा के तम को धो दिया। उसके मन में विश्वास की रश्मियाँ फैलने लगीं। उसके नयन फिर बह उठे। वह अपनी पथ प्रदर्शिका बनी दीदी के गले गलकर सिसक उठा।

लान में लगे आम के पौधे की पत्तियाँ हवा में झूम उठी।

•

दहेज की आर.डी.

दीदी ने बचे हुये चालीस हजार भी भाई को दे दिये, यद्यपि यह उसकी जमा पूंजी का आखिरी भाग था, पर भाई की नौकरी के आगे उसे यह बचत कम महत्वपूर्ण लगी।

शादी के कुछ ही महिने बाद अक्षिता विधवा हो गयी थी। पति शासकीय विभाग में कार्यरत थे अतः उसे दयाचार पर नौकरी मिल गयी व बाल विधवा अक्षिता अपने माँ बाप भाई बहिन के लिये सुख का साधन नियमित आय बन गयी।

भाई की पढ़ाई, छोटी बहिन की शादी, मां की बिमारी सारा खर्च उसकी कमाई से चल रहा था।

"मेरी बेटी सचमुच में देवी है, इसी के कारण यह घर धनधान्य से परिपूर्ण है, "भगवान इसे लम्बी उमर दे" पिताजी अपने मित्रों, रिश्तेदारों से अक्सर कहते।

"मेरी तो बड़ी इच्छा है कि इसका संसार फिर से बसा दूँ, पर क्या करूं, समाज के रीति रिवाज, नियम कानून भी देखने पड़ते हैं; आखिर हम हैं तो समाज के ही अंग," बड़ी बेबसी से वे अगली बात कहते।

अक्षिता अपने पिता के भाव भरे शब्द सुनकर बिह्वल हो जाती, उसे अपना सारा त्याग पिता की महानता के समक्ष छोटा लगता।

"क्योंजी! जब आप उसकी दूसरी शादी करना ही चाहते हैं तो समाज की चिंता क्यों करते हैं, आखिर वो हमारी बेटी हैं, उसके सुख दुख का ख्याल हमें रखना है," रात्री को सोते समय बगल के कमरे से माँ का स्वर कान में पड़ते ही अक्षिता के कानों में मिश्री सी घुल गयी, एक सतरंगी धनुष उसके मन में उभर गया।

"अरे तुम तो पागल हो! वो तो मैं अक्षिता को बहलाने के लिए कहता हूँ, अगर उसकी शादी कर दी तो फिर ये दहेज की आर.डी. की आय तो बंद हो ही जायेगी साथ ही घर की पूंजी का एक हिस्सा भी

दहेज के रूप में देना पड़ेगा, पेंशन कहाँ से मिलेगी ?'' पिता का उत्तर सुनते ही अक्षिता सिहर उठी व विगत 10 वर्षों से की गयी अनवरत श्रम, व समर्पण के प्रयास की थकान से उसका रोम रोम पीड़ा से कराह उठा।

•

नर्क से स्वर्ग

सुमन मृत्यु शैया पर पड़ी थी। चारों ओर पिता, भाई, बहिने जिनके लिये पिछले 15 वर्ष से एक एक पल होम कर हिदया था गर्दन लटकाये हुये खड़े थे।

दो नालायक भाईयों के बाद परिवार की होनहार कुशाग्र बुद्धि लड़की सुमन ही सरकारी नौकरी पा सकी। नौकरी करके सारे परिवार के दायित्व उसने संभाल लिये थे। छोटी बहिनों व भाई की पढ़ाई, उनकी शादी, उनकी जरूरतों के लिये पैसे, सबकी व्यवस्था की जिम्मेदारी सुमन दीदी की ही होती थी। ढेर सारे परिवारिक दायित्वों के बीच कब शादी की उम्र निकल गयी सुमन को पता ही नहीं चला। घर वालों ने भी दहेज का खर्च, नियमित आय बचाने के लिये कभी अपनी ओर से पहल नहीं की।

अधेड़ सुमन आधे पेट खाकर, उदासी में जीकर, कष्ट सहकर भी परिवार के सदस्यों को पूर्ण संतुष्ट रखना चाहती थी। दायित्वों का निर्वाह व अपनी उपेक्षा करके उसने अपने शरीर को जर्जर कर लिया। कभी कोई टोकता भी तो हंसकर टाल देती। बस...

''बस अब छुट्टी लेकर पूरा आराम करूँगी, छोटी की शादी कर दूँ'' छोटी की शादी के बाद भाई की पढ़ाई, फिर छोटी के बच्चों की जिम्मेदारी भी उसने अपने ऊपर ओढ़ ली थी। दायित्व कम होने का नाम ही नहीं लेते थे। और जब दीदी थी ही सभी के दायित्व अपने कंधे पर लेने को, तो दूसरे खुशी–खुशी उसे देते जा रहे थे।

आज भीषण ज्वर ने जब सुमन को लपेटा तो अस्पताल के बिस्तर पर ले आया। जहाँ आकर उसकी जर्जर देह के नासूर उभरे। ढेर सारे रोगों ने सुमन को घेर लिया था। इलाज के लिये दिल्ली ले जाना जरूरी

था। पर पैसों की व्यवस्था नहीं हो सकी।

जीवन और मृत्यु के बीच संघर्ष करती सुमन इस नर्क से चली गयी। छोटे भाई को दयाधार पर नौकरी मिल गयी। बीमा के पैसों से घर में खुशहाली आ गयी।

जिन्होनें उसकी जिंदगी नर्क बना दी थी, मरकर भी उनके जीवन को सुमन स्वर्ग बना गयी।

•

छोटे लोग

रमेश डॉ. साहब के यहाँ ड्राइवर था। गाड़ी चलाने के अलावा बैंक के काम, बिजली, फोन, गैस आदि के काम भी करता था। साथ ही एक और काम रमेश के हिस्से का था। डॉ. साहब को मिलने वाले दवाई के सैम्पिल वह मरीजों को पैसे लेकर बैचता था।

ये दवाईयाँ काऊंटर के पीछे से बिना रसीद के अस्सी प्रतिशत मूल्य पर देता था। मरीजों को समझाता था कि ''आपको तो इससे अधिक पैसे खर्च करने हैं, फिर क्यों न यही से ले। जबकि शासकीय नियम था कि फिजिशियन सैम्पिल फ्री ही वितरित होने चाहिये।

आज मरीजों में रमेश का एक परिचित भी था। उसी के गाँव का रहने वाला था। उसने आधे पैसे उससे ले लिये व डॉ. साहब की लिखी दवाई दे दी।

शाम को डॉक्टर साहब को हिसाब देते समय रमेश ने कुछ दवाईयों के आधे पैसे देते हुये सकुचाते हुये परिचित मरीज की बात बता दी।

सुनते ही डॉ. साहब नाराज हो गये। ''तुम छोटे लोग होते ही बेईमान हो। ऐसे ही थोड़े कोई दवाईयाँ दे जाता है हमें, तुम समझते हो मुफ्त का माल है।''

''गलती हो गयी सर'' फिर ऐसा कभी नहीं होगा'' बहुत गरीब था न इसीलिये'' सहमते हुये रमेश बोला।

''हमने क्या दुनियाँ का ठेका लिया है? और हम कौन से अमीर है'' ठीक है जाओ आगे से ध्यान रखना'' डॉ. साहब ने चेतावनी दी।

रात को दस बजे पैदल घर जाता हुआ रमेश बड़े व पढ़े लिखे लागों की इमानदारी (फिजिशियन सैम्पल बेचना) व खुद जैसे छोटों की बेईमानी की तुलना कर रहा था।

•

नागपाश

रमेश अंकल का घर में बहुत सम्मान था। वे पड़ोस में ही रहते थे व अपने सरकारी स्टोर से पेंट, लोहा बिजली का सामान व ढेर सारी चीजें लाकर पापा को देते थे। उनकी ही बदोलत घर में रौनक आ गयी थी, वरना पापा की दुकान से तो ले देकर खर्चा ही चलता था।

''पापा पापा ये अंकल जो सामान लाते हैं, उससे इनके साहब इन्हें नहीं डाँटते'' मासूस बिट्टू ने पूंछा।

''अरे साहब को दिखाकर या कहकर थोड़े ही लाते हैं, सरकारी स्टोर में से हाथ का कमाल दिखाकर'' इतने मंहगे सामान लाते है, तेरे अंकल बहुत स्मार्ट है'' पापा ने अंकल को सराहा व अंकल भी फूलकर कुप्पा हो गये।

''साले चोरी करते हो.... पुलिस में बंद करवा दूंगा इमान धरम भूल गये कमीना पन करते हो.... तुम तो निहायत गिरे व लुच्चे आदमी हो!'' पापा दुकान के नौकर किशन को गाली दे रहे थे व घूँसों से मार रहे थे। दुकान से चोरी से सामान ले जाते हुये उसे पकड़ लिया था।

बिट्टू यह सब देख रहा था, उसके मन में अनेकों शंकाये जन्म ले रही थी,

''पापा किशन भैया को आपने इतना क्यों पीटा वह तो बहुत स्मार्ट हैं, कितनी होश्यारी से दुकान का समान ले जाते हैं' भोलेपन से बिट्टू ने पूछा।

''कमीना है साला चोर उचक्का अहसान फरामोश है वह जिस थाली में खाता है उसी में छेद करता है अरे उसे तो पुलिस के हवाले करना चाहिये था, विश्वासघाती कहीं का'' आक्रोश से पापा बोले।

''फिर रमेश अंकल को आप क्यों स्मार्ट कहते हैं व उनकी तारीफ भी करते हैं।'' भोले बिट्टू के प्रश्न ने उसे चारों ओर से नागपाश की तरह जकड़ लिया।

•

रेत के घरोंदे

जब से निधि नये शहर के, कंपनी के फ्लेट में आयी उसे पंख लग गये थे। हमेशा उमंग व उत्साह से भरी रहती।

विशाल(पति) को वह जर्बदस्ती ट्रांसफर करा कर बूढ़े माँ–बाप से दूर ले आयी। सास की नसीहतें, व ससुर की सेवा दोनों से उसे चिढ़ थी, वह अपनी न्यूली मैरिड लाइफ का आनंद उठाना चाहती थी।

इस काम में श्रीमती अनीता वर्मा का पूरा योगदान था, वे विशाल के बॉस की पत्नी थीं। वह भी शादी के समय से ही अकेली रह रही थी, अब बेटा बहू भी दूर थे, दोनों फिर अकेले थे। श्रीमती वर्मा ने शादी के बाद के शुरूआती दिनों के इन्द्रधनुषी स्वप्नों को और रंगीन बनाकर निधि के अंतःकरण में जर्बदस्त प्रभाव जमा दिया था।

आज निधि विशाल के साथ वर्माजी के यहां आयी थी।

चाय की ट्रे लेकर आती श्रीमती वर्मा एकाएक लुढक गयी व बेहोश हो गयी।

वर्माजी घबरा गये, विशाल ने तुरंत डॉ. को फोन करके बुलाया।

''क्या हुआ आंटी.....'' श्रीमती वर्मा की आंखे खुलते ही निधि उनकी ओर लपकी।

''बहुत तकलीफ है, रोम रोम में दर्द हैकृ सुनो बेटे–बहु को बुला लो''। बोलते ही वे हांफ गयीं। वर्मा जी असहाय से थे।

बेटे को फोन किया था वह टूर पर था, अकेली बहू ने आने से मना कर दिया। काफी रात गये दोनों वहां से लोटे थे। परेशान टूटे टूटे से वर्मा दम्पत्ति को सहारा व दिलासा देकर आये थे।

निधि के मस्तिष्क पटल पर श्रीमती वर्मा का हताश चेहरा जम गया था। मिसेज वर्मा के रूप में उसे पल पल अपना भविष्य दिख रहा था।

''सुनो अपना ट्रांसफर फिर से मम्मी बाबूजी के पास करा लोकृ हम उनके साथ ही रहेगें'' घर लौटते ही पश्चाताप भरे स्वर में निधि बोली।

''पर मां की नसीहतें, ...पिता जी की सेवा...... कर सकोगी''

''अब और शर्मिंदा मत करो'' कहते हुये उसने अपना हाथ विशाल के अधरों पर रख दिया। उसके रेत के घरोंदे भरभरा चुके थे व वह रिश्तों की गरिमा की सुखद उष्मा का अनुभव कर रही थी व नयन भीग गये थे।

•

हलाहल

कल तक एकता के सूत्र में बंधा चौधरी परिवार आज चार टुकड़े हो गया था। समाज की प्रतिष्ठा माने जाने वाले चौधरी जी के बेटे स्वंय चार भागों में बंट गये थे, उनकी स्वंय की प्रतिष्ठा धूल–धूसरित हो गयी थी। सारा गाँव स्तंभित था।

''चारों को शालिनी काकी ने ही पाला पोसा, एक सा रहन सहन, वही लाड़–दुलार! फिर क्यों ये अलग–अलग हो गये माँ''? परिवार के बिखराव पर आश्चर्य व्यक्त करती हुयी, पड़ौसन समता ने अपनी माँ से पूछा।

''अरे बेटी, एक अकेली माँ की जब तक चली, तब तक तो चारों एक ही थे। जब चारों की, चार गांवों से सीखी चार बहुयें आ गयीं, जिन्होनें अपने–अपने मरद को अपने–अपने पल्लू में बांध रखा है, तो अकेली माँ के संस्कार क्या करते''? अपनी बेटी को बिखराव का रहस्य समझाती हुयी समता की बूढ़ी माँ बोली।

''फिर भी थे तो सभी शालिनी काकी के बेटे'' समता पर मानो मां की बात का कोई असर नहीं पड़ा।''

''पेड़ का तना भी तो एक ही होता है, सभी शाखाओं को भोजन पानी व सहारा देता है, पर ये जो फैली हुयी शाखायें हैं न, जो अपनी–अपनी दिशा से प्रकाश व हवा ले बढ़ती चढ़ती हैं, क्या एक तने की शाखायें होने के बाद भी आगे जाकर कहीं भी एक हो पाती हैं?'' रोज और अधिक दूर होती जातीं हैं, एक दूसरे से'' माँ ने मर्म बताया।

''अब शालिनी काकी क्या करेगी माँ? वे तो बहुत दुखी हैं'' समता ने फिर पूछा।

''वह भी पेड़ के तने व जड़ों की तरह बिना घबराये इनका बोझ सहेगी, विनाशकारी तांडव देखेगी इनका, क्योंकि यदि शाखाओं को सहारा नहीं देगी तो विनाश तो पेड़ का ही होगा। तेरी शालिनी काकी भी विनाश से बचने को चारों की कड़वाहट झेलेगी, रोज हलाहल पियेगी इनका, आखिर माँ जो है।

नींव का पत्थर

बूढ़ी राधा आज खुशी से पागल थी, नींद उसकी आँखों से कोसों दूर थी, बड़ी देर से अपनी चारपाई पर वह करवट बदल रही थी।

सारी जिंदगी चाकरी व बेगारी कर विधवा राधा ने अपने बेटे को पाला पोसा था, मेहनती बेटे को बहुत अच्छी नौकरी मिल गयी थी व फूल सी बहू भी घर में आ गयी थीं। कल वह अपने बेटे–बहू के साथ शहर जा रही थी, आराम की जिंदगी बिताने व रिटायरमेंट का सुख भोगने के लिये।

''अब तो बस, बचे दिन आराम से निकालूंगी खूब सेवा करेगें बहू व बेटे मिलकर''

''क्यों नहीं खून पसीना एक कर पाला है बेटे को मैने, कितने कष्ट सहे हैं। बेटे ने भी मुझे पल पल घुटते–मरते देखा है, तभी तो भगवान की तरह पूजता है मुझे।'' विचारों का क्रम उसके मस्तिष्क में निरंतर चल रहा था।

नींद फिर भी बहुत दूर थी, आंखों से, वह उठी व सामान बाँधने लगी।

''क्यों जी माँ को क्यों ले चल रहे हो? अभी तो हमारे मौजमस्ती करने के दिन हैं, माँ के चलने से, क्या कोई लाईफ रह पायेगी हमारी?'' बगल के कमरे से बहू की फुसफुसाहट उसके ह्रदय में वेदना के शूल चुभो गयी।

''पर माँ यहां अकेली क्या करेगी सारी जिंदगी उसने मेहनत इसीदिन के लिये ही तो की है'' बेटे के स्वर ने उसे राहत दी।

''तो क्या हुआ? सभी माँ बाप करते है हम भी हर महिने माँ को मनीआर्डर भेजते रहेगें। वे भी तो वहाँ बोर हो जायेंगी, यही आराम से रहने दो न, उन्हें।'' पत्नी के स्वर में मनुहार भी थी।

''पर माँ को कैसे कहेगें'' सुन मानो आसमान में कड़कती बिजली उस पर गिर गयी। व आँखों से गंगा जमुना बह निकली।

''सुनो बेटे मैं नहीं जा सकूंगी, तुम दोनों ही जाओ'' सुबह होते ही राधा ने बहू–बेटे को कह दिया।

''पर माँ यहाँ गाँव में बिजली, पानी कुछ भी तो नहीं है, तुम परेशान हो जाओगी''

''अरे नहीं रे, मुझे तो सबकी आदत है, फिर कभी चलूंगी तुम्हारे साथ'' आँसुओं को बड़ी मुश्किल से भीतर ही रोकती हुयी, मुस्कुराती हुयी माँ बोली।

थोड़ी देर में बहू बेटे हंसी खुशी चले गये।

''क्यों राधा बहिन, सारी जिंदगी क्या तूने इसीलिये तपस्या की थी, कि बुढ़ापे में बहू–बेटे मौज मनाने के लिये तुम्हें सड़ता हुआ छोड़कर चले जायें।'' पड़ोसन शांति, राधा को घर में ही देखकर बोली।

''अरी बहिन नींव के पत्थर को, क्या कभी शिखर का सौंदर्य व वैभव मिला है ? वह तो अतल गहराई में अनजाना इसीलिये दबा रहता है ताकि शिखर की पताका, शिखर का सौंदर्य यश व सम्मान पा सके'' कहते कहते दो मोती राधा की आँखों से लुढ़क गये।

आज उसका रोम रोम सारे जीवन किये गये अनवरत श्रम की थकान से दहक रहा था।

•

दंभ की कालिख

उद्यान में केला व बेर दोनों थे। तेज हवा चल रही थी। केला अपनी पत्तियों को हवा के प्रवाह के अनुकूल नीचे तक झुका रहा था। थोड़ी सी चूक होने पर पत्तियों को तार–तार होने का भय था। हर पल सतर्कता मेहनत करनी पड़ रही थी।

वही बेर गर्व के साथ सीधा खड़ा था, हवा का तेज प्रवाह भी उसे अधिक विचलित नहीं कर पा रहा था, वह तन कर हवा से संघर्ष कर रहा था। जबकि बेर के काँटों के भय से वह पेड़ के पास भी नहीं आयी थी।

बेर के भीतर दंभ व अहंकार भर गया।

''अरे ये भी कोई जीना है ? कायरों की तरह झुकते टूटते रहते हो, जीना है तो शान से जियो, हमारी तरह। कुछ कांटे या कठोरता उधार ले लो मुझसे'' मद भरे स्वर में बेर ने कहा।

''नहीं भैया, ये तुम्हें ही शोभा देते हैं'', मेरी विनम्रता का फल नहीं देखा तुमने,!

''मेरे पत्तों को पूजा की वेदी पर सजाया गया है, कुछ मंगल द्वार में लगे हैं, अपने रूप व लावण्य से सबको आर्कषित कर श्रद्धा के पात्र बने हैं, इन पर खाना भी परोसा जायेगा। और हां फल भी पूजा की थाली में हैं, भगवान के प्रसाद में हैं, ये देह को अत्यावश्यक पौष्टिक तत्व भी देते हैं, अपने पत्तों व फलों के विषय में भी कभी सोचा है तुमने?'' बड़ी शांति व प्रेम से केले ने कहा।

बेर इर्ष्या व क्रोध से दहक उठा, फिर भी ऐंठकर बोला, ''इससे क्या, अरे कोई मेरे पास आने की हिम्मत तो नही करता, नोचता, खींचता तो नहीं तुम्हारी तरह।''

"हाँ पास तो नहीं आते, पर एक एक फल के लिये पत्थर व डंडों से जरूर पीटते हैं तुम्हें। और जो भी फल खाता हैं, बीमारी भी लगा लेता है। है न भैया। धीरे से मुस्कराता हुआ केला बोला।

अहं व दंभ से भरा बेर मन मसोस कर रह गया, उसका रंग और काला हो गया।

विनम्र केला और अधिक स्निग्धता तथा लावण्य से दमक उठा।

•

सह–अनुभूति

''सर! मेरा छुट्टी लेकर जाना बहुत जरूरी है, प्लीज छुट्टी दे दीजिये! घर पर पत्नी अकेली है, कैसे संभालेगी दो दो बीमार बच्चों को'' विकास बाबू छुट्टी अस्वीकृत हो जाने पर उसे स्वीकृत कराने के लिये याचना कर रहे थे।

''अरे इलाज तो डाक्टर करेगा!'' तुम क्या करोगे जाकर! 10 दिन बहुत होते हैं, काम बहुत पेंडिंग है आफिस मेंकृकृ ऐसा करो मनीआर्डर भेज दो ठीक है'' मुस्कुराते हुये रोबीले अंदाज में साहब बोले।

एकाएक फोन की घंटी बजी, ज्यों ही रिसीवर उठाया दूसरी और उनकी श्रीमतीजी थी।

''देखिये गुड़िया को बहुत तेज बुखार है...... मैने बर्फ की पट्टियाँ भी रखीं पर 103 से कम ही नहीं होता....... प्लीज जल्दी आईये'' घबरायी हुयी सी वे बोल रहीं थीं।

''ठीक है तुम घबराओं नहीं, मैं डॉक्टर को लेकर दस मिनिट में पहुँचता हूँ'' कहकर उन्होने फोन रख दिया। वे स्वंय घबरा गये थे, उनकी फूल सी बच्ची बुखार से तप रही थी, उसकी पीड़ा का अहसास उनके रोम रोम में समा गया।

सामने विकास बाबू अभी भी याचक मुद्रा में खड़े थे।

विकास में उन्हें अपना प्रतिबिम्ब दिखायी देने लगा। उसके बच्चे तो यहां से 500 कि.मी. दूर है व बीमारी की खबर उसे दो दिन पहले मिल चुकी है। क्या बीत रही होगी उसके दिल पर?

सहज हाकर उन्होने विकास के कंधे पर हाथ रख दिया व उसकी छुट्टी स्वीकृत कर दी।

''जल्दबाजी में आने की कोई जरूरत नहीं, यदि जरूरत पड़े तो छुट्टी बढ़ा सकते हो और हाँ यदि एडवांस पे चाहो तो ले सकते हो।''

उन्हें विकास बाबू के ह्रदय की पीड़ा की अनुभूति अपने अंर्तमन में जो हो गयी थी।

•

अपना बेटा

रात के अंधेरे में संजय तेज गति से ड्राइव करते हुये जा रहा था, वह जल्दी में घर पहुंचना चाहता था। घर पर बच्चे उसकी प्रतीक्षा कर रहे थे, वैसे भी फैक्ट्री से निकलते निकलते काफी लेट हो चुका था और आज छोटे बेटे का जन्म दिन भी था।

एकाएक उसके पैर ब्रेक पर गये व गाड़ी झटके के साथ रूक गयी। सड़क पर एक किशोर बेहोश पड़ा था, कोई गाड़ी वाला अभी–अभी टक्कर मार कर भागा था। बहुत सा खून सड़क पर फैल चुका था।

''यदि इसे तुरंत अस्पताल नहीं पहुंचाया गया तो यह मर जायेगा'' सोचते हुये वह गाड़ी से उतरने लगा।

''अरे बेवकूफ अस्पताल, फिर पुलिस कितना लफड़ा होगा। तुमने क्या ठेका ले रखा है सबका? और एक्सीडेंट तुमने तो नहीं किया चलो सीधे घर पहुंचो'' मन के भीतर से ही स्वर उभरा।

''किस किस को अस्पताल पहुँचाओंगे, यहाँ तो जानवरों से बदतर हालत इंसान की हैं, अपना घर अपने बच्चे देखो'' और उसने गाड़ी आगे बढ़ा दी।

''अपने बच्चे! यह भी तो अपना ही बच्चा हो सकता है ये भी तो किसी का अपना ही बच्चा है'' सोचते ही फिर ब्रेक पर पैर पहुंचा। अपने मासूम बच्चे का रक्तरंजित चेहरा ध्यान में आते ही मन करूणा व पीड़ा से भर उठा। तुरंत गाड़ी पीछे की व बेहोश बालक को उठा पीछे की सीट पर आराम से लिटा दिया। उसकी गाड़ी अस्पताल की ओर दौड़ रही थी व मन की व्यग्रता भी कम हो गयी थी।

•

समय की धूल

एक पीतल की डिब्बी में कई पोटलियों के ऊपर पोटली बाँधकर उसे रखा गया था। फिर आंगन के बीचों बीच एक गढ्ढा खोदकर उसे गाढ़ दिया गया। गाढ़कर रखते समय कितना खुश था वह।

''जब जरूरत होगी, इससे दुनियाँ खरीद लूंगा मैं'' कहते कहते श्यामलाल की आंखें चमक उठीं थीं।

इस खजाने को रखे जाने की बात श्यामलाल ने अपनी पत्नी सीता को भी बतायी थी।

सालों साल सोता जागता अपने महत्व व कीमत का आंकलन करता हुआ वह पड़ा रहा।

आज सुबह से ही ऊपर कुछ हलचल थी, धमाके की आवाज बार बार आ रही थी। किसी ने उसे उठाया, हिलाया, डुलाया लगा पोटली खोली जा रही है।

आज शायद उसे संसार का उजाला फिर मिल रहा था। ''आज मालिक को मेरी जरूरत पड़ी है दुनिया खरीदने के लिये'' मुझे भू गर्भ में रखते समय यही तो कहा था मालिक ने। उसने स्मृति की भीतरी पर्तें टटोलीं।

और आखरी आवरण हटते ही वह अनावृत हो गया। सूर्य के तेज प्रकाश से उसकी आँखे चौंधिया गयीं।

पूरन (श्याम लाल का नाती) ने बड़े जतन व आशा भरी निगाहों से उसे देखा, पर अगले ही पल उसकी आंखों की चमक तिरोहित हो गयी। परिवार के सभी सदस्य निराश हो गये।

''छिः इससे क्या होगा...... न नौकरी मिलेगी न ही व्यापार हो सकता है'' कहते हुये उसने सोने का सिक्का फेक दिया।

''झूठ बोलता है यह! ऐसा कैसे हो सकता है?'' वह चीख उठा।

''तुम्हारे दादा ने कहा था, इससे सारी दुनियाँ खरीद लूंगा....... देखो–देखो मुझे गौर से देखो ''वह चीखा! व उसका ध्यान अपनी ओर

आकृष्ट किया।

''वह उन्होंने साठ साल पहिले कहा था''

''तो क्या हुआ! सच–सच ही होता है'' ''हाँ पर अब उस सच पर मुद्रा स्फीति, व मंहगाई की मोटी परत चढ़ गयी है। (अवमूल्यन व मंहगाई की जंग ने उस सच को गला दिया है) गहरी सांस मारता हुआ पूरन बोला।

काश! उसे अंधेरों की पर्तो से निकाला ही न गया होता, कम से कम निरंतर बोझ सहकर भी मिली उपेक्षा व अपमान का बोध तो न होता'' सिसकता हुआ सिक्का सोच रहा था।

•

बुजुर्गों की कीमत

अरे मेरी कीमत भी बुजुर्गो की तरह आँकने लगे जो सारे जीवन श्रम व त्याग कर वृद्धावस्था में तुम छोकरों के द्वारा अस्तित्वहीन व सम्मानहीन बना दिये जाते है।'' सिसकते हुये सिक्कों ने कहा।

●

पराई पीर

वह सरकारी विभाग में उच्च सहायक था। कई दिनों से बच्चों के स्कूल का काम नहीं करवा पा रहा था, दिन और कामों में निकल जाता था।

आज उसने अपना ऑफिस छोड़ा व शिक्षा विभाग के कार्यालय पहुंच गया। बड़े बाबू सीट पर नहीं थे। बड़ी अकुलाहट से वह यहाँ–वहाँ टहलने लगा। समय बीतता जा रहा था, पर बड़े बाबू का कोई पता नहीं था। पूछने पर चपरासी एक ही रटा रटाया जवाब दुहराता ''बस आने वाले हैं, जरूरी काम से गये हैं।''

एक–एक पल उसके मन में आवेग बढ़ा रहा था। ''क्या अंधेर मचा रखा हैं? वेतन पूरा लेते हैं, काम एक पैसे का भी नहीं करते! लानत है इन पर'' सब्र का बाँध तोड़ते हुये वे चिल्लाये।

''हाँ–हाँ पक्के मक्कार हैं ये लोग। इनकी शिकायत करिये सर!... हम सभी भी कई दिनों से परेशान हैं, ये कभी भी सीट पर नहीं रहते'' उन्हीं के साथ लम्बे समय से प्रतीक्षा कर रहे लोगों ने भी अपना आक्रोश व्यक्त कर उन्हें संबल दिया।

एक सज्जन कागज पेन भी ले आये ''लीजिये सर! जोरदार ड्राफ्टिंग करिये, हम सभी भी हस्ताक्षर करेंगें। सरकारी काम के घंटों में अपना व्यक्तिगत काम करने वालों को सबक मिलना ही चाहिये'' स्वर फिर से गूंजा।

''सरकारी काम के घंटों में अपना व्यक्तिगत काम'' एक एक शब्द उसके मस्तिष्क पर चुभता हुआ लगा।

''तुम स्वंय क्या कर रहे हो ?''

''तुम्हारे लिये भी तो कई परेशान इसी तरह भटक रहे होंगे'' तुम तो इससे भी अधिक महत्वपूर्ण विभाग में हो''........ तुम भी तो रोज–रोज यही सब करते हो!!!'' ''उसका स्वर ही उसके कानों के पर्दे फाड़ने लगा।

पेन उसके हाथ से फिसल गया, वह भीतर ही भीतर कांप उठा व तेज कदमों से पलटा।

''क्या हुआ स्वर.......! एक साथ कई स्वर गूंजे।

वह तेज स्कूटर चलाते हुये, अपना इंतजार कर रहे कई जरूरत मंदों का काम निपटाने जा रहे थे। 'पराई पीर' का स्वंय अनुभव उसे जो हो गया था।

•

दस्तूरी

सक्सेना जी के सामने लोगों की भीड़ थी। सभी अपनी–अपनी बारी की प्रतीक्षा में लम्बे समय से खड़े थे।

सक्सेना जी सिर्फ उन्हीं की फाईलें निपटा रहे थे, जो उन्हें पहले ही दस्तूरी दे गये थे, शेष लोगों की फाईलों में कई कमियाँ निकालकर केस ही वापिस कर रहे थे। लोगों की याचना का उन पर कोई असर नहीं हो रहा था।

"क्या आपके लिये अपनी नौकरी दांव पर लगा दूँ? ऑडिट, एकांउट, विजलैंस ये सभी मुझसे ही पूंछेगे। आप तो चले जायेंगे काम कराकर.......। जाईये हटिये।" कहकर एक बुजुर्ग सज्जन को उन्होने भगा दिया।

चेहरे पर मायूसी व अपमान के भाव लिये वे चले गये। सक्सेना जी के चेहरे पर व्यंग भरी मुस्कान उभर आयी।

"हाँ–हाँ नहीं होगा आपका केस कर दीजिये शिकयत" एक जागरूक व तेज तर्रार से दिखने वाले सज्जन की फाईल भी फेंक दी सक्सेना जी ने।

मिलने वाली दस्तूरी में से ऊपर भी पहुंचाने के कारण सक्सेनाजी की विभाग में काफी पहुँच थी। उनके विरूद्ध की गयी शिकायतें रद्दी की टोकरी ही देखती थी।

आज घर में फोन लगने की विभागीय सूचना आयी थी। सभी बहुत खुश थे, व कल ही कनेक्शन लगवाने की जिद करने लगे।

अगले दिन सक्सेना जी टेलिफोन दफ्तर पहुंच गये। बड़े साहब नहीं थे। काफी देर प्रतीक्षा करने के बाद बड़े साहब आये, सक्सेना जी तुरंत लपके। साहब ने कुछ औपचारिकतायें पूरा करने की हिदायत दी व कल आने को कहा क्योंकि बड़े साहब लंच के बाद मीटिंग में व्यस्त होगें।

दूसरे दिन दोपहर तक बड़े साहब के यहाँ से आर्डर ले, छोटे साहब के दफ्तर गये, छोटे साहब साईट पर गये थे, दूसरा दिन भी चला गया। सक्सेना बाबू क्रोध से भुनभुनाकर रह गये।

''छोटे साहब ने भी कागज में कुछ कमियाँ बता दी व फिर से बड़े दफ्तर जाने को कह दिया। दो दिन से परेशान हो रहे सक्सेना जी उबल पड़े।

''क्या समझते है आप सब तीन दिन से परेशान कर रहे हैं''

''सब्र से काम लीजिये, कुछ दस्तूरी दे दीजिये काम हो जायेगा'' वहीं उपस्थित एक अनुभवी सज्जन ने उन्हें दूर ले जाकर धीरे से समझाया।

''दस्तूरी! किस बात की दस्तूरी! क्या वेतन नहीं मिलता इन्हें ? करप्शन मचा रखा है यहाँ मैं शिकायत करूंगा इनकी।'' छोटे साहब की ओर आग्नेय आँखों से देखते हुये सक्सेना जी दहाड़े।

''जाईये – पहिले आप शिकायत कर आईये, फिर आईये'' कसकर छोटे साहब ने उन्हें बाहर जाने का दरवाजा दिखा दिया।

इस तरह अपमानित होने से सक्सेना जी का रोम रोम कांप उठा।

''मैं देख लूँगा इसे। नौकरी ले लूँगा इसकी।'' भुनभुनाते हुये वे बाहर निकले।

''बस एक बार में ही घबरा गये ? तुम तो हजारो बार ऐसा आचरण कर चुके हो! उनके भीतर ही स्वर उभरा।

''कितनों को कष्ट, अपमान व हताशा दी है तुमने? तब कभी नहीं सोचा! क्या गुजरती होगी उन सभी के दिल पर? वे भी तो इंसान थे तुम से भी कमजोर'' सक्सेना जी की आंखों के सामने ढेर सारे व्यथित चेहरे एक साथ उभर उठे। सभी उन्हें कोस रहे थे व आज उनकी दशा देख अट्ठाहस कर रहे थे। शर्म व लज्जा से वे मलिन हो उठे।

आज सक्सेना की टेबिल से हर फाईल सहजता से जा रही थी बिना दस्तूरी के।

•

अपना प्यारा ?

दो वर्ष के विदेश प्रवास के बाद ज्यों ही सिद्धार्थ अपने घर में घुसा, सभी ने उसे सिर आँखों पर बिठा लिया। सारा घर उसकी आवभगत करने लगा।

अपनी माटी, अपना घर, अपने लोग, सभी का असीम अनुराग देख सिद्धार्थ के नयन भर उठे। कितना प्यारा है अपना सब कुछ। विदेश में सिर्फ पैसा ही है, और कुछ भी नहीं।

''भैया मेरे लिये ए.सी. गाड़ी ला दोगे ना'' छोटे भाई विनय ने कहा।

''मैंने सबको कह रखा है कि सिद्धार्थ भैया के आने पर हमारी भी ए.सी. गाड़ी आयेगी'' विनय ने आगे बोला। उसके स्वर में बड़ा आग्रह था।

''अभी नहीं, पहले पढ़ लिख लो, फिर सोचेगें, सिद्धार्थ ने प्यार से समझाया। उत्तर विनय को अच्छा नहीं लगा व वह बाहर चला गया।

''भैया मेरे लिये हीरे का नैकलेस तो दिलवाओगें न'' ये छोटी बहिन का स्वर था। ''सोसायटी में स्टेटस बनाने के लिये यह बहुत जरूरी है'' सारा दुलार मनुहार बहिन के स्वर में था।

''अभी नहीं शालिनी, अगली बार सोचूँगा'' बड़े लाड़ से सिद्धार्थ ने समझाया। शालिनी हतप्रभ रह गयी। अपने भैया से उसे ऐसी आशा नहीं थी। वह चुपचाप उठी व दूसरे कमरे में चली गयी।

''क्या बेकार की फरमाईशें लगा रखीं हैं तुम लोगों ने'' दीदी ने हलकी सी किड़की दीं। तुम ऐसा करो सिद्धार्थ, दो लाख रूपये नीता के नाम जमा कर दो, ताकि उसकी शादी अच्छी तरह हो सके'' बड़ी दीदी ने बड़े प्यार से अपनी छोटी बेटी के लिये फरमाईश की।

''पर दीदी अभी तो मेरी आय इतनी नहीं है'' सुनते ही दीदी की स्नेह से परिपूर्ण मुद्रा जड़वत हो गयी।

''ये सभी अभी जरूरी नहीं है, क्यों नहीं समझते तुम सब'' बड़े भैया के स्वर ने सिद्धार्थ को राहत दी।

''तुम ऐसा करो सिविल लाइंस में एक कोठी लेलो। अब हमारा यहां रहना ठीक नहीं, आखिर अब तक एक अप्रवासी इंजीनियर के परिवार के सदस्य हैं।

''नहीं भैया, यह भी अभी नहीं हो सकत, अभी तो आवश्यक है माँ का इलाज, विनय व शालिनी की पढ़ाई'' सिद्धार्थ के संतुलित उत्तर से बड़े भैया झेंप गये व काम के बहाने से चले गये।

इस समय सिद्धार्थ के पास कोई भी नहीं था। कुछ देर पहिले तक प्रवाहित होते नेह, लाड़, दुलार के निर्झर सूख से गये थे। कुछ ही पलों में अपने, अपरिचित से हो गये।

सिद्धार्थ के नयन फिर से भर उठे, अपने प्यारे सब कुछ के यर्थाथ पर।

•

जीवन दान

'तो लाओ न बत्तीस रूपये''

'' आप मेरे बेटे को दिखवा दीजिये मैं पैसे फिर दे जाऊँगा'' बिहारी ने विनय की।

''यह अस्पताल है दादा............धर्मखाता नहीं''

बिहारी बहुत गिड़गिाया पर उसने एक भी न सुनी व से बाहर निकाल दिया। बिहारी के कंधे से उसका इकलौत बेटा चिपका था, जिंदगी व मौत से संघ र्ा करता हुआकृकृ, सामने 'जीवनदान' का डॉक्टर का बोर्ड लगा था।

एकाएक लड़के को हिचकी आयी व उसके प्राण पखेरू उड़ गये। बिहारी की आँखों में दो मोटे–मोटे आँसू उभरे व सूख गये।

अंदर बैठे व्यक्ति के सिर से पत्थर टकराया, खून का एक फौहारा छूटा व सका जीवन दान ले लिया।

दिव्य सौंदर्य

उमंग, उत्साह व आनंद से भरी दिव्यांगना मदमाती चाल से सड़क पार कर रही थी। अभी–अभी एक स्टैज कार्यक्रम देने के बाद मिली प्रसंशा, सराहत्त व उत्साहवर्द्धन से उसका मन आनंद से भरा था। उसके पैर बड़ी मुश्किल से जमीन पर टिक रहे थे। ''सचमुच मैं बहुत सुंदर हूँ स्वर्ग की अप्सरा की तरह! मेरे व्यक्तित्व में, मेरे रूप में सभी को घायल करने की शक्ति है मेरे अंदाज सभी को लुभाते है मुझे देखते ही लोगों की सांसे धम जाती हैं सभी मेरी एक चितवन (प्रम भरी निगाह) के लिये घंटो अपलक मेरी ओर निहारते रहते हैं'' जैसे विचार उसके मन में उमड़ घुमड़ रहे थे।

उसका बस चलता तो वह पंख लगाकर उड़ जाती व सारे संसार को अपनी सफलता की कहानी चिल्ला–चिल्ला कर बताती।

मदमाती दिव्यांगना एकाएक लड़खड़ायी व गिरते–गिरते बची। दो चीखें एक साथ उभरीं! एक दिव्यांगना की थी जिसमें आक्रोश व खीज़ थी दूसरी उसके सैंडल से चोट खायी एक बूढ़ी औरत की थी जो ध ीरे–धीर चलकर सड़क पार कर रही थी।

''क्या अंधी हो! दिखायी नहीं देता'' दिव्यांगना चीखी।

सयानी आंखों ने दिव्यांगना को देखा शब्दों की कटुता का जहर पिया व धीरे से उत्तर दिया ''नहीं बेटी अंधी तो नहीं हूँ पर देह की शिथिलता से लाचार हूँ। पर लगता है तुम अवश्य किसी नशे की गिरफ्त में आ अंधी बन गयी हो। यह ठीक नहीं बेटी'' धीमे पर प्रभावी शब्द दिव्यांगना के अक्स पर चिपक कर उसे दहला गये।

''क्या कहती है बुढ़िया? तूँ नहीं जानती मैं कौन हूँ? वरना तेरी हिम्मत इस तरह जबान चलाने की नहीं होती'' सफल्ता का मद फिर उफन पर सारी सीमायें तोड़कर बह निकला।

''जानती हूँ बेटी! तुम मेरे अतीत का मात्र धुंधला सा प्रतिबिंब हो, जो कल ही धूलधूसरित हो जायेगा व जो बचेगा वह मेरे आज से भी

बद्तर होगा।'' बुढ़िया के शब्दों में नसीहत थी।

रूप के मद में डूबी दिव्यांगना ने बुरा सा मुंह बनाया व उड़ती निगाहों से बुढ़िया को देखा, उसका रंग गोरा था, बड़ी–बड़ी आंखे जिनसे अब बड़े प्रयास से ही दिखायी देता था, शायद कभी सुंदर रहीं होंगीं, त्वचा पर प्रकृति की तूलिका ने सैकड़ों झुर्रियों को आकार दे दिया था'' शायद जवानी में सुंदर रही होगी! पर मुझसे अधिक सुंदर! ऊंह! झूठ बोलती है यह! पर कौन लगे इसके मुंह'' सोचते हुये, पैर पटखकर दिव्यांगना दूसरी ओर चल दी।

अच्छा खासा मूड खराब कर दिया इस बुढ़िया ने! न जाने कैसी मनहूस औरत है'' सोचते हुये उसने टैक्सी को आवाज दी व उसकी पिछली सीट पर धम्म से ढेर हो गयी।

टैक्सी अपने गंतव्य की ओर दौड़ रही थी व उदास सी दिव्यांगना बाहर के दृश्यों में अपनी उदासी घोलने का प्रयास कर रही थी। एकाएक उसकी निगाह अपने ही चश्में के ग्लास पर पड़ी व कुछ देखकर वह चौक गयी उसके कपोलों का प्रतिबिंब चश्में के ग्लास पर पड़ रहा था। ऊबड़–खाबड़ त्वचा! सभी ओर झुर्रियां! मानो मोटे ऊन से बनी किसी स्वेटर की सतह हो! त्वचा पर पिन की तरह उभरे रोम व चारों ओर बने रोम कूप चेहरे को और बेनूर बना रहे थे। दिव्यांगना कांप उठी! यह मेरी त्वाचा है ? मैं इतनी बदसूरत हूँ? नहीं–नहीं यह मेरा प्रतिबिंब नहीं है। कुछ और होगा पर! कहकर उसने आंखे बंदकर लीं व हृदय की धड़कन पर नियंत्रण करने का प्रयास करने लगी। पर मन में अजीब सी हलचल व असुरक्षा समा गयी थी। मन नहीं माना दिव्यांगना ने फिर से आंखे खोल दी व चश्मे के ग्लास के दूसरी ओर हथेली रखकर फिर से अपना प्रतिबिंब देखने लगी अभी भी उसके कपोलों की स्तिग्ध, ताजी, लुभावनी, कोमल व मनमोहक त्वचा उसी तरह झुर्रियां, गढ्ढे व रोमकूप दिखा रही थी। दिव्यांगना का हृदय एक बार फिर कांप उठा, उसने अपनी एक उंगली कपोल के उसी भाग पर रखी जो ग्लास में दिख रहा था, उंगली भी ग्लास में दिखने लगी।

''सचमुच यह मेरी ही त्वचा है तो मैं तो आज ही वह बन चुकी हूँ जो वह बूढ़ी मां कल के लिये कह हरी थी फिर मेरा अहं, यश, धन, सम्मान, प्रसंशक कैसे बचेगे? कैसे मेरे संजोगे सपने पूरे होगें? मैं अपना लक्ष्य कैसे प्राप्त करूंगी ?''

''घबरायी दिव्यांगना का दिल बैठा जा रहा था। बूढ़ी मां का प्रतिबिम्ब उसकी आंखों में बार–बार उभर रहा था।

''यह कल की सच्चाई है। आज की नहीं'' उसके ही अंदर से एक स्वर उभरा।

''क्यों आज का खूबसूरत समय नष्ट कर रही हो। यह तो तुम्हें चश्मे के लैंस से बढ़ा आकार दिख रहा है'' उसने स्वंय को सहारा देने का प्रयास किया।

''पर सच्चाई आखिर है तो सच्चाई ही मैने वे बजह ही उस मां का दिल दुखाया वह सचमुच बहुत ही सुंदर रही होगी तन से व मन से भी मैं तो कहीं भी नहीं टिकती उनके आगे''।

दिव्यांगना का मन पश्चाताप की आग में जलने लगा। वह बूढ़ी मां से अविलंब क्षमायाचना करना चाहती थी। उसकी पलकों की कोरें भीग गयीं।

उसने ड्राइवर को टैक्सी पीछे मोड़ने को कहा ताकि बूढ़ी माँ को ढूढ़कर उससे क्षमायाचना कर सके।

शांत भाव से बैठी दिव्यांगना की देह का सौंदर्य अब और निखर आया था व चेहरे पर सौम्यता व नम्रता के वंदनीय भाव झलक रहे थे।

•

स्टेटस

वे दोनों ही शासकीय विभाग में द्वितीय श्रेणी अधिकारी थे। साथ ही दोनों इस स्थान पर स्थानांतरित होकर आये थे। पहले आपस में फिर परिवारों में आना जाना हुआ एक ही पद पर होने के कारण पारिवारिक संबंध मधुर हुये। दोनों ही परिवार अपने पारिवारिक जनों से व्यवहार से सुन्ध थे व सामंजस्य न होने के कारण अपने परिजनों से अलग–थलग थे।

श्रीमती विशाल ने अपनी व्यथ श्रीमती रमन से कही, ''ये (मेरे पति) बहुत ही सम्पन्न परिवार के सबसे छोटे बेटे हैं, पर सबसे छोटे होने से अधिक लाड़ प्यार के कारण लापरवाह बन गये व बड़ी मुश्किल से इस पद तक आ पाये है।''

''इनके भाई बहिन व अन्य रिश्तेदार बहुत ही ऊँचे–ऊँचे पदों पर है। उन सभी को सोसायटी के सारे वैभव व सुख सुविधायें उपलब्ध हैं। जब भी हम अपने परिवार जनों के बीच होते है, भाई बहिनों के स्टेटस के सामने हमारा स्टेटस बोना नज़र आता है। वे सभी हमें हेय दृष्टि से देखते हैं। वहां हम हीनता बोध से ग्रसित होते है। इसी से हम अपने परिवार से अलग से हैं। वे बड़े होगे अपने लिये'' कहकर श्रीमती विशाल ने अपना आक्रोश व्यक्त किया।

''पर आप लोगों को क्या पेरशानी है अपनों से'' श्रीमती विशाल ने रमन परिवार का दुख जानना चाहा।

''हमारी कहानी कुछ अलग है भाभीजी, ये(मि. रमन) बहुत ही निम्न परिवार से हैं पर अपने कठिन परिश्रम व शासकीय आरक्षण पाकर अधिकरी बन पाये है। इनके छोटे भाई बहिन व मेरे रिश्तेदार भी सदैव हमसे पैसे की मांग करते है। पर सबकी मांग पूरी करना तो हमारे वश में नहीं इसीलिये हमारे रिश्तेदार हमसे द्वेष रखने लगे हम भी उनसे नहीं चिपकते बस इसी तरह हम अपनों से अलग थलग है। पर अब आपका साथ पाकर मुझे बहुत अच्छा लगने लगा है। श्रीमती रमन ने अपनी

व्यथा कथा कहकर सहजता व्यक्त की। दोनों ने एक दूसरे से विदा ली।

"सुनो जी मिस्टर रमन तो बहुत ही लो स्टेटस के लोग है इनके साथ हमारी मित्रता कैसी। कहकर श्रीमती विशाल ने अपनी अप्रसन्नता व्यक्त कर रमन परिवार से अपना नाता तोड़ लिया।

दोनों परिवार फिर अलग थलग थे।

•

नेह अनुभूति

मनीष के मित्र सिन्हाजी की पुत्री का विवाह सानंद सम्पन्न हो गया। लम्बे समय से तैयारियाँ चल रही थी। सिन्हा दम्पत्ति ने अपनी लाड़ली बेटी को अंतता विदा किया। दहेज में गृहस्थी का सारा सामान, वस्त्र, गहते व सुविधा की सभी साग्री दी। आखिर इकलौती पुत्री थी।

बिटिया की विदाई के समय सिन्हाजी फूट–फूट कर रो रहे थे। उनकी आँखों में अविरल अश्रुधार बह रही थी। मनीष ने उन्हें बहुत समझाया पर सिन्हाजी के आंसू रूकने का नाम ही नहीं ले रहे थे।

"बेटी अपने घर जा रही है। उसे मन चाहा वर मिला हैं। आपको सुयोग्य दामाद मिला है। फिर भी आप बच्चों की तरह रो रहे है?" मनीष ने समझाया।

"आप ठीक कहते हैं मनीषजी। पर क्या करूं। मन नहीं मानता। बचपन से लेकर आज तक पूरे 20 वर्ष उसे एक एक दिन बड़ा होते देखा हैं। हंसते रोते–खीजते–मचलते रूठते, मानते हुये देखा हे। आज सभी एक पल में चला जा रहा है। मेरी अपनी बेटी मेरा अपना घर छोड़कर जा रहीं है? कहकर पुनः सिन्हा जी फफक उठे थे। मनीष ने फिर उन्हें अपने कंधे से लगाकर ढांढस देने का प्रयास किया।

"भाई मान गये! सिन्हाजी तो बच्चों से भी गये गुजरे व औरतों से भी भावुक निकले "मनीष घर में अपनी पत्नी आशा से कह रहे थे। उनके स्वर में व्यंग सा था।

"आप नहीं समझते अपने बच्चों से विद्रोह की पीड़ा की अनुभूति ही रूला देती है।" पत्नी आशा का उत्तर था।

"तु भी तो नारी ही हो – उन्ही की भाषा में बात करोगी" कहकर मनीषजी ठहाकामारकर हंस पड़े थे।

आज मनीष जी अपनी पत्नी आशा व बेटी आकांशा को लेकर उराके नये कॉलेज में बिटिया का प्रवेश कराने आये थे। बड़ी मेहनत से बेटी का प्रवेश मेडिकल कॉलेज में हो गया था। यहां तक की यात्रा

इनके घर से 36 घंटे की थी। पर बेटी का भविष्य, उसकी शिक्षा के प्रति लगन व मित्रों की सलाह को मानकर मनीषजी उसे इतनी दूर शिक्षा दिलाने को तैयार हो गये थे।

सारी औपचारिकतायें पूरी करने के बाद मनीषजी कॉलेज के प्राचार्य चीफ वार्डन व होस्टल की संरक्षिका से मिले थे। सभी ने उन्हें आश्वस्त किया कि बिलकुल निश्चिंत रहें। आपकी बेटी यहां घर से अधिक सुरक्षित–संस्कारित वातावरण में रहेगी। हम सभी उसकी पूरी देख भाल करेंगे।

''मेरी बेटी हमसे इतनी दूर रहेगी? अब महिनों वह मुझे नहीं मिलेगी? उसका प्रतिदिन का बात करना, रूठना, मनाना, फरमाईशें करना समाप्त हो जायेगा। और वह भी पूरे पांच वर्ष तक। सोचते सोचते मनीष जी का गला रूंध गया। व आँखे नम हो गयी। पत्नी व बेटी सामने ही बैठी थीं। बेटी मुस्कुरा रही थी वह अपने सुखद भविष्य के लिये आशान्वित थी। मनीष जी ने अपने भावों पर नियंत्रण करने का प्रयास किया पर असफल रहे। वह उठे व बाथरूम में घुस गये। वहां दर्पण में अपना प्रतिबिम्ब देखा, सबझाया, ढांढस दिया। पर बिटिया का सलोना मुस्कुराता दूर होता चेहरा फिर सामने आ गया।

''अब वो मोहक निश्छल मुस्कान ये नहीं देख पाऊँगा। आफिस से लौटने पर ढेर सारी बाते अब कौन पूंछेगा ? पत्नी से तनातनी होने पर अब दोनों में समझोता कौन करायेगा ?

''अरे बेटी तो कॉलेज में पढ़ रही है? फोन पर बातें करेगी, पत्र लिखेगी और छुट्टियों में तो मेरे ही पास रहेगी'' डनहोने अपने आपकों समझाने का प्रयास किया पर मन मान ही नहीं रहा था। आंखे बरसने लगी, गला रूंध गया। मनीषजी भाव विहवल हो उठे।

''जिस बेटी को एक एक दिन पाल पोस कर बढ़ा किया उसे आज अकेला छोड़ना होगा? कैसे करेगी अपनी देखभाल? फिर इतने वर्ष की प्राप्ति, अनुराग, मोह–ममता क्या होगा इसका?'' नयन फिर बरस उठे।

''और उसके बाद आगे की शिक्षा फिर विवाह बेटी तो आज ही पराई हो रही है।'' गले से हिचकियां उठने लगी व वे बालाकों की तरह

फुट फुट कर रोने लगे।

एकाएक उन्हें सिन्हाजी की याद आ गयी व उस समय अपने कहे शब्द उनके मानस पटल पर कौंध गये। ''बेटी को मन चाही शिक्षा मिलेगी उनकी आशाओं के अनुरूप उनकी बेटी डॉक्टर बनेगी फिर विषाद क्यों?'' वे थोड़ा संभले पर फिर भी स्वंय को पूर्ण संयम न कर सके। ''शायद यही ममता है यही दुलार है सिन्हाजी के ह्रदय के भावों की अनूभूति आज मनीषजी को भली भांति हो रही थी। उन्होने पानी के छीटे अपने मुंह पर मारे, रूमाल से मुंह पौंछा व बाथरूम से बाहर निकल गये।

व मोबाईल पर सिन्हाजी का नम्बर मिला रहे थे। उनके भावों की अनुभूति उनसे सांत्वना के दो शब्द सुनने के लिये।

•

किरचें

अभिषेक अपनी मम्मी के साथ विवेक के यहां गया था। दोनों सहपाठी थे व उनके माता पिता भी आपस में घुले मिले थे।

विवेक की माँ विवेक की बहुत प्रशंशा कर रही थीं।

''और हाँ, अभी पिछले सप्ताह ही विवेक चैस की शील्ड लाया है। बहुत तारीफ की सभी ने विवेक की वहां।'' वे बोली।

''क्यों नहीं करेगें तारीफ इसकी, आखिर बेटा किसका हैं'' अभिषेक की माँ ने भी उनके स्वर में स्वर मिला कर उनकी भावनायें और कुरेदी।

अभिषेक को ये सब अच्छा नहीं लग रहा था। वह जानता था कि विवेक उसी की तरह था बल्कि कई प्रश्न व शंकायें वह अभिषेक से ही पूछता था। स्वभाव के कारण अभिषेक कम बोलता था पर विवेक हर जगह आगे–आगे उछलता था, इसलिये उसका नाम कुछ ज्यादा था। साथ ही अभिषेक की मां को भी अपने काम से फुर्सत नहीं थी जो वे अपने बेटे के सर्वागीण विकास को हल करतीं।

''ये मैडल देखिये बहिनजी क्रिकेट में मिला है विवेक को, और यह प्रमाण पत्र प्रश्न मंच में, बहुत तालियां बजीं जब इसे प्राईज मिले, और हाँ अखबार में भी फोटो आया था। लाना विवेक वह अखबार'' चहक कर वे बोली!

अभिषेक की माँ अब ऊब सी गयीं, उन्हें हीनता का बोध होने लगा फिर भी उन्होने मुस्कुराते हुये विवेक को सराहा साथ ही आग्नेय नेत्रों से अभिषेक की ओर देखा।

''काश मेरा बेटा भी सारी गतिविधियों में भाग लेता'' वे मन ही मन सोच रही थी, तो आज ये हीनता का बोध तो न होता।

पहले से ही आक्रोश से भरे अभिषेक को आंटी की बातें व माँ की आंखें आग में घी का काम कर गयी। उसका चेहरा तमतमा उठा, आंखों में खून उतर आया हाथों में अकड़न व ऐंठन हुयी व उंगलियों का कसाव शर्बत के ग्लास पर बढ़ गया।

''कुछ भी कहिये बहिनजी मेरा विवेक तो हीरा''

इससे पहिले कि विवेक की माँ अपना वाक्य पूरा कर पाती चटाक की आवाज ने सबको चौंका दिया, अभिषेक का शर्बत का ग्लास उसकी उंगलियों के दबाव से टुकड़े–टुकड़े हो फर्श पर बिखर गया। कांच की किरचें अभिषेक के हाथ में भी चुभी व खून की धार बह निकली। अब अभिषेक का चेहरा सहज हो गया, आंखों के अंगारे मद्धिम हो गये।

कुछ ही पल पहले चहकते हुये विवेक का सिर आत्मग्लानि से झुग गया।

•

फ्रेम में केद

राष्ट्र की स्वतंत्रता के लिये संघर्ष करने वाले काल कोठरियों में बंद थे। सभी विदेशी सरकार के अत्याचार से आहत थे। ये इस शासन की हनन, प्रताड़ना, उत्पीड़न व शोषण की नीति के विरोधी थे। जेल के भीतर से ही क्रांति के अभियान का श्री गणेश हो गया। जन–जन के अंदर चेतना के बीज रोपित किय जाने लगे।

गांव–गांव में क्रांति की चिंगारियाँ फूटने लगी। लोग सलाखों में बंद अपने जन नायकों को छुड़ाकर उन्हें सत्ता के शिखर तक पहुंचाने के लिये दीवाने थे। सभी का एक ही लक्ष्य था, ''इस क्रूर शासन का दमन व अपने राज्य की स्थापना।

अत्याचारी प्रशासन भी सहम गया। आजादी के दीवानों के हुजूम के हुजूम सारे देश में प्रशासन की नाक में दम कर रह थे। सरकारी संपत्ति नष्ट की जा रही थी व सरकारी मुलाजिमों को प्रताड़ित किया जा रहा था।

प्रशासन झुक गया। उसने जेल में बंद क्रांतिकारियों के पास संदेश भेजा'' हम सत्ता छोड़ने के लिये तैयार है, आप अपने नेता का नाम भेजिये व सत्ता हस्तांतरण की तैयारी कीजिये।''

सारे देश में हर्ष व उल्लास का वातावरण था। सभी आने वाले कल में अपने शासन की लालसा में दीवाने थे, व अपने वीरों की जय–जय कार कर रहे थे।

जेल की कोठरियों की स्थिति बदल गयी सभी क्रांतिकारियों को अच्छी सुविधायें दे दी गयीं पर अब क्रांतिकारियों में गहमागहमी थी। साथ जीन मरने की कसमें खाने वाले स्वंश शिखर पुरूष बनने को व्याकुल थे। तीन समूह बन गये। हर समूह अपने नेता को शिखर सत्ता पर देखना चाहता था। सभी के मन गुलामी की अवस्था से अधिक व्याकुल थे ''अगर आज रह गये तो कल काफी पीछे रह जायेगें'' हर दल का चिंतन था।

रात आधी से अधिक बीत गयी थी। सारे देशवासी सुखद सपनों की आस लिये मीठी नींद में सो रहे थे। पर जेल की कोठरियों में कुछ और चल रहा था।

दो महान क्रांतिकारियों को जेल में आकस्मिक निधन का समाचार सारे देश में आग की तरह फैल गया। तीसरे महान सेनानी ने उन्हें अश्रुपूरित श्रद्धांजली अर्पित की। अपने दोनों दिवंगत सेनानियों को उन्होनें उच्च पद हेतु सर्वश्रेष्ठ प्रत्याशी बताया व स्वंय को उनका अनुयायी। इनका अश्रुपूरित चित्र समाचार पत्रों में छपा।

देश स्वतंत्र हो गया व तीसरे महान क्रांतिकारी राष्ट्र के सर्वोच्च पद पर निर्विरोध चुन लिये गये।

उन्होने सर्वप्रथम अपने क्रांतिकारी साथियों के चित्र अपने कक्ष में लगाकर उन पर माल्यापर्ण किया। अब इन्हें कोई भय नहीं था। क्योंकि अब उनके दोनों सहयोगी फ्रेम में कैद हो चुके थे।

•

मूड की खातिर

एस्सलवर्ड (अत्यंत मंहगा झूलाघर) व वाटर किंगडम में परिवार के साथ दिन भर घूमकर लगभग दो हजार रूपये खर्च करके वे सभी प्रसन्न मुद्रा में पार्क परिसर से बाहर हुये ही थे कि एक भिखारी ने अपना कटोरा आगे कर दिया।

''बाबू बहुत भूख लगी है एक रूपया दे दीजिये'' स्वर में याचना थी।

''भाग यहाँ से यहाँ भी पीछा नहीं छोड़ते ये हरामी मूड खराब करने आ जाते है'' उन्होने क्रोधित होकर दुत्कारा।

''बाबू पेट की खातिर दया करो बाबू'' फिर एक करूण स्वर उभरा।

''क्यों मूड खराब करते हैं! आज की खुशी की खातिर ही इसे कुछ दे दीजिये'' इससे पहिले कि वे और नाराज होते, पत्नी ने समझाते हुये कहा।

उनके चेहरे पर प्रसन्नता उभरी। ''तुम ठीक कहती हो आज के आनंद के लिये तो निश्चित ही कुछ दिया जा सकता है'', कहते हुये उन्होने पांच रूपये का सिक्का भिखारी के कटोरे में डाल दिया।

•

कांवेट चिंतन

हैसियत न होते हुये भी मीना ने अपने बेटे आकाश को अच्छे कांवेंट स्कूल में एडमीशन दिलाया था। अच्छी खासी रकम डोनेशन फीस, ड्रेस व किताबों में व्यय करने के बाद घर का खर्च जैसे तैसे बड़ी सादगी से चल रहा था।

जब भी उसकी आँखों मं बेटै के पढ़लिखकर आगे बढ़ने के सपने तैरते उसकी आँखों में एक अद्‌भुत चमक आ जाती।

अगले दिन विद्यालय में अभिभवकों को बुलाया था। मीना प्रसन्न थी बेटे ने अच्छे अंक पाये थे। ''मुझे भी अपनी श्रम साधना पर दो प्रसंशा के शब्द सुनने को मिलेगें' कल के विषय में मीना सोच रही थी।

''कल हम भी अपने बेटै के स्कूल जायेगें'' उमंग से भरी हुयी मीना का स्वर था।

''नहीं मम्मी आप मेरे स्कूल मत आना'' आकाश ने स्पष्ट शब्दों में कहा।

''पर क्यों'' चौंकती हुयी मीना बोली।

''क्योंकि न तो आपने बाल कटाये हैं, न आप लिपिस्टिक लगाती है और न ही आपके पास सुंदर–सुंदर ड्रेस हैं।

''तो क्या हुआ ये सब न होने पर भी मैं तुम्हारी माँ हूँ, बेटे'' शब्दों में पूरी ममता उढ़ेलते हुये मीना ने कहा।

''वो तो ठीक हैं पर स्कूल में मेरी भी तो इमेज है और बच्चे क्या सोचेगें कि आकाश की मम्मी गवार है''

लाडले बेटै के चंद शब्द मीना के ह्रदय में शूल की तरह चुभ गये। आँखे छलछला उठी व नयनों में तैरती सुखद भविष्य की चमक तिरोहित हो गयी।

कल का भयावह अंधकार उसे आज दिन के प्रकाश में भी स्पष्ट दिख रहा था।

''बेटे, तुझे नगर पालिका के स्कूल में दाखिल कराकर, तेरी कल्पना की मम्मी तो मैं भी बन सकती थी'' रोता हुआ उसका ह्रदय बुदबुदा रहा था।

लाशों का व्यापार

भक्तचरण (भक्ता) की झोंपड़ी दुर्गंध से भरी थी। चारों ओर खड़े स्वंय सेवी संगठनों के सदस्य व अन्य उसकी दर्द भरी दास्तान सुन रहे थे। पिछले दिनों आये विनाशकारी तूफान ने उसका हंसता खेलता संसार उजाड़ दिया था। पत्नी व दो बच्चे काल के गाल में समा गये व सारी गृहस्थी को बाढ़ अपने साथ बहा ले गयी। शेष बचा था टूटी झोपड़ी में वेदना व पीड़ा से कराहता भक्ता व पास पड़ी प्यारी पत्नी व दुलारे बच्चों की मृत देहें।

परदेश में नौकरी करने वाला भक्ता तूफान के समाचार सुन भागा–भागा आया व घर में घुसते ही अपना लुटा पिटा संसार देखकर फूट–फूट कर रो रहा था। उसकी चीख पुकार सुनकर कई लोग झोपड़े के पास आ गये वे उसे ढांढस बंधा रहे थे। कई ने अपने पास से रूपये निकालकर उसे दिये व सम्वेदना व्यक्त करते हुये चले गये।

निढाल से पड़े भक्ता ने रूपये गिने, पूरे सात सौ पंन्द्रह रूपये थे। इनसे उसके प्राण प्यारे की मृत देहों का अंतिम संस्कार तो हो सकता था पर उसने पैसे धोती में बांधे व अंटी में खोंस लिये।

''चल माया भौजी व पिल्लां (बच्चों का) अंतिम संस्कार कर दें।'' पास खड़ा उसके ही साथ आया पड़ौस के गांव का किसुना बोला।

''पैसा नॉही (पैसे नहीं हैं)'' दर्द भर स्वर में भक्ता बोला।

''और जो ये मिले है इनसे क्रियाकरम तो हो ही जायेगा'' किसुना का साहनुभूति भरा स्वर था। अपने मित्र की पीड़ा में वह भी ह्रदय से दुखी था।

''इनसे कपड़ा लात्ता लूंगा, चावल, चूड़ा व बर्तन भांडा भी तो चाहिये'' भक्ता को एक–एक शब्द बोलने में अत्यंत कष्ट हुआ।

''पर अपने कलेजों के टुकड़ों का अंतिम संस्कार'' देखो तो इनकी दशा'' किसुना के चेहरे पर आश्चर्य के भाव थे।

''यदि अभी इन पैसों से कर दिया तो और पैसा कहां से आयेगा?''

यह भक्ता का दर्द भरा स्वर था। एक आभागे बाप व पति का जिसकी पत्नी व बच्चों की देह कई दिनों से अंतिम संस्कार को भी तरस रही थी।

किसुना को अपना बोझ संभालने के लिये दीवार का सहारा लेना पड़ा कितना खुदगर्ज हो गया भक्ता। अपनी पत्नी व बच्चे की सड़ रही बदनसीब लाशों से पैसा कमा रहा है''

''पर भक्ता के चेहरे से झलकती पीड़ा, असुरक्षा व आत्मग्लानि के भावों से उसकी भक्ता के विषय में यह राय फिसल गयी।

''फिर किसुना के मस्तिष्क में प्रश्न रौंधा! शायद परिस्थितियों ने लुटे पिटे लाचार भक्ता को बेबस, निरीह व स्वार्थी बना दिया था, जो वह अपनों की ही लाशों का व्यापार करने लगा।'' सोचते सोचते किसुना भी सिसक उठा।

•

नाम : अरुण कुमार जैन

जन्म : 23 दिसम्बर 1957. ललितपुर (उ.प्र.) में

माता-पिता : श्री सुशीला देवी जैन (धर्मपरायण श्राविका), स्व. बाबूलाल जी जैन (साईकिल वाले)

शिक्षा : डिप्लोमा सिविल अभियंत्रण, एम.ए. (हिन्दी)

प्रकाशन : 1971-1972 से सारे देश की स्तरीय पत्र-पत्रिकाओं में कविता कहानी परिचर्चा, व्यंग्य, आलेख एवं लघुकथाओं लगभग 3000 प्रकाशन, नव भारत टाइम्स, साहित्य अमृत, दैनिक जागरण, भाष्कर, सरिता, सारिका आदि

प्रसारण : 1981 से आकाशवाणी के रोहतक (हरियाणा, छतरपुर, भोपाल (म.प्र.) व कटक (उड़ीसा) केन्द्रों से कविता कहानियों व वार्ताओं का प्रसारण भुवनेश्वर दूरदर्शन के लिए कार्यक्रम का निर्माण व प्रसारण

कृतियाँ : • प्रतीक्षा (कहानी संग्रह) 1997, • भक्ति प्रसून (काव्य संग्रह) 1999 • पथरीला यथार्थ (कहानी संग्रह) 2003, • संजोग (उपन्यास) 2007 (पुरस्कृत) • नाटक, पटकथा, निदेशन व मंचन 'जहर से अमृत' 2010 • राजा बेटा (बाल उपन्यास) 2021 • लोरी ठिठोली (बाल कविताएँ 2021) • नया होंसला चिड़िया माँ का (बाल काव्य) 2022 • राजा बेटा, मराठी, मलयालम (यंत्रस्थ) 2021 • खून का रंग, ममतामृत (लघु कथा संग्रह) यंत्रस्थ • राखी के धागे • आओ बनाएँ संस्कारी संसार (आलेख) 2024 • मधुर स्पंदन (काव्य संग्रह) 2024, • लगभग 20 संकलनों में प्रतिनिधित्व (कथा, लघु कथा, व्यंग. आलेख) • Raja Beta (English) 2022 • Poisonous Trap (English Stories) 2022

अनुवाद : कुछ कहानियों व लघुकथाओं का उड़िया, मराठी मलयालम व बंगला में अनुवाद व प्रकाशन हुआ।

सम्पादन : • नवयुग (मासिक) झांसी, 1975-1978 • दर्पण (काशीपुर) 1980 • उत्कलिका (भुवनेश्वर) 2005-06 • ऋषभ वन्दन उज्जैन (2012) • सृजन सन्देश (उज्जैन) 2013 • प्रणम्य प्रेरणा (उज्जैन) 2014 • अरुणोदय (लखनऊ) 2019-2020

संप्रति : • भारतीय रेल से 2017 में सेवानिवृत्त वरिष्ठ अनुभाग अभियंता (निर्माण) • अमृता हास्पिटल फरीदाबाद (निर्माणरत) में गुणवत्ता निर्देशक 2017 से

सम्मान : ● महाप्रबंधक रे. वि. द्वारा राजभाषा कार्य हेतु 1998 व 2001 में ● महाप्रबंधक रे. वि. द्वारा 2002 में तकनीकी सेवाओं हेतु सम्मान ● ब्राह्मण इंटरनेशनल सभा उ.प्र. इकाई द्वारा ● स्वागतिका सम्मान वर्ष 2004 (हिंदी साहित्य सेवाओं हेतु) कटक, उड़ीसा ● मुख्य अभियंता रे. वि. द्वारा हिन्दी में सराहनीय कार्य हेतु 2004, 2008 व 2012 में ● महाप्रबन्धक पू.त.रे. द्वारा हिन्दी में उत्कृष्ट कार्य हेतु 2004 में 2005 में 2007 में ● भगवान बाहुबलि महामस्तकाभिषेक समिति श्रवणबेलगोला (कलकत्ता) द्वारा 2006 (संपादन सहयोग हेतु) ● अखिल भारतीय साहित्यकार अभिनंदन समिति द्वारा ● कलिंग जिन गौरव सम्मान भुवनेश्वर 2008 में ● प्रेमचन्द्र साहित्य सम्मान (रेल मंत्रालय, भारत सरकार 2008) एवं देश भर की अन्य संस्थाओं द्वारा लगभग ● बाल कल्याण संस्थान भोपाल द्वारा सम्मानित व तुलसी साहित्य अकादमी मथुरा द्वारा सम्मानित 50 अन्य सम्मान

संपर्क : वीनस 16. मीनाक्षी प्लानेट सिटी बाग मुगलिया भोपाल (म.प्र.) पिन - 462013

(वर्तमान) : 303, बी6 टावर, RPS रावाना रोक्टर-86 फरीदाबाद (हरियाणा) पिन - 121002

स्थायी : 14 महावीरपुरा दिगंबर जैन बड़े मंदिर के पास ललितपुर (उ.प्र.) पिन-284403

फोन- 9406648157, 7999469175

Mail Id-arun.k.jain2312@gmail.com

आत्मकथ्य : जब आस-पास घटित विभिन्न घटनाएँ मेरे भावुक मन को उद्वेलित करती हैं तो एक संवेदनशील रचना मानस पटल पर उभर कर लेखनी के माध्यम से सृजित होती है। आचार्य विद्यासागर जी महाराज उनका सम्पूर्ण संघ व माता अमृतामयी देवी जी (सम्पूर्ण विश्व में मानवीय सेवा के समर्पित कार्यों को निदेशिका) स्वभाव व सेवा पथ पर चलने के प्रेरक है।

www.ingramcontent.com/pod-product-compliance
Lightning Source LLC
LaVergne TN
LVHW021158160826
845679LV00024B/2155

9798896326526